企业管理理论与应用研究系列丛书

基于 X 列表的可重构 ERP 体系研究

汤勇力　李从东　著

该著作受暨南大学管理学院"211工程"建设项目"企业管理理论与应用"
及广东省人文社会科学重点研究基地——暨南大学企业发展研究所资助
广东省高新区发展引导专项计划课题（项目编号：2010A011200007）

科 学 出 版 社
北 京

内 容 简 介

本书是在作者所在课题组承担的一系列国家高技术研究发展计划（"863"计划）先进制造与自动化技术领域现代集成制造系统技术主题课题所取得研究成果基础上总结撰写的。本书采用系统分析的理论和方法，从整体系统的角度对可重构 ERP 系统的组成要素及其相互关系以及在重构过程中动态变化过程进行研究。首先对可重构 ERP 体系的基础理论进行研究，从非线性系统的角度对可重构 ERP 系统的集成和重构进行了分析，并对可重构 ERP 系统进行了需求分析。在此基础上建立起面向可重构 ERP 体系的 X 列表模型。然后对 X 列表模型中的企业结构模型、企业过程模型、成本管理模型、分布式决策模型等模型组件以及基于 X 列表模型的 ERP 系统重构方法和快速实施方法进行了研究论述。

本书适合作为管理科学与工程、信息管理与信息系统、工业工程与管理等专业的高年级本科生和研究生的教学参考书，也可作为企业信息系统的研究、开发、实施和应用人员的参考用书。

图书在版编目(CIP)数据

基于 X 列表的可重构 ERP 体系研究/汤勇力，李从东著. —北京：科学出版社，2011

（企业管理理论与应用研究系列丛书）

ISBN 978-7-03-031271-6

Ⅰ.①基⋯ Ⅱ.①汤⋯②李⋯ Ⅲ.①企业管理-计算机管理系统，ERP-研究 Ⅳ.①F270.7

中国版本图书馆 CIP 数据核字(2011)第 101145 号

责任编辑：马 跃 徐 倩/责任校对：郑金红
责任印制：张克忠/封面设计：陈 敬

科学出版社 出版

北京东黄城根北街 16 号
邮政编码：100717
http://www.sciencep.com

新蕾印刷厂 印刷
科学出版社发行 各地新华书店经销

*

2011 年 6 月第 一 版 开本：720×1000 1/16
2011 年 6 月第一次印刷 印张：8
印数：1—1 800 字数：160 000

定价：**30.00 元**

丛书编委会

（按姓氏汉语拼音排序）

丛 书 序

暨南大学管理学院"十一五""211工程"建设项目"企业管理理论与应用"是广东省"十一五""211工程"重点建设项目之一，其研究内容主要包括组织行为理论研究、基于可持续发展观的信息披露与公司财务研究和生产与服务运营管理研究等三个方面，预计在企业管理理论与应用研究方面形成一批有国际影响和实用价值的学术成果。此次出版的系列丛书就是我院科研人员在建设期间取得的部分研究成果的汇总。

改革开放和信息技术推广以及全球化浪潮，大大地促进了新型组织的出现，适应快速变化的学习型组织、适应企业成长的领导理论都成为我国企业的急需；同时，随着我国制造体系的不断提升、产品结构由低端向中高端的发展，基于信息技术等新的生产运作与物流管理理论和方法的推广应用，对于强化我国加工制造业的比较优势、提升企业的国际竞争能力具有重要意义；另外，财务资源的有效配置与持续创造对于企业的可持续发展至关重要，以可持续发展观的视角，将会计信息披露与公司财务问题联系在一起研究，对于提升我国企业的可持续发展能力也具有不可忽视的理论与实践意义。因此，从以上三个视角对企业管理理论与应用进行深入研究是提升我国企业、特别是珠三角地区企业的国际竞争力，实现成功转型的重要保证。经过三年多的研究，我院科研人员已在上述研究领域取得了初步的研究成果，对有关概念和方法进行了有益的探索并提出了独到的见解，在理论上具有一定的先进性。具体研究内容包括建设性领导和破坏性领导、企业胜任力模型设计与应用研究、企业环境信息披露：理论与证据、基金治理与基金经理锦标赛激励效应研究以及基于X列表的可重构ERP体系研究等。我们希望通过此次的出版工作，一方面能够和国内外有关同行和专家分享我们在企业管理理论与应用方面的研究成果，另一方面能够得到各位专家提出的批评和建议，使我们能不断提高科研工作质量和科研成果水平，为国家的发展和经济的繁荣做出更大的贡献。

　　本丛书的编写和出版得到了暨南大学"211 工程"建设领导小组和管理学院有关领导的大力支持，管理学院的有关专家对本次出版工作也提出了许多宝贵的意见，在此向他们表示衷心的感谢。

暨南大学管理学院

企业管理理论与应用研究系列丛书编委会

2011 年 3 月

前　言

　　如何帮助面临着国际化市场冲击的众多国有和民营中小企业抓住机遇，快速响应市场变化，在复杂多变的环境中赢得竞争，给产品结构导向、集中式计划驱动、缺乏柔性的传统 ERP 系统带来极大的挑战。国内外学术界和企业界的研究主要集中于从软件实现和软件架构的角度来改善 ERP 系统的柔性和可重构性。然而传统 ERP 系统缺乏柔性和可重构性的根本原因在于其体系结构、管理理念和管理机理的缺陷，单纯从计算机软件实现的技术角度是无法根本解决这些问题的。

　　本书建立了基于 X 列表的可重构 ERP 体系，该体系能够通过初始化重构以适应不同的企业环境，能够通过维护性动态重构以适应企业发展不同阶段上的环境变化，能够支持企业内和企业间的重构。本书的内容有：对可重构 ERP 的基础理论进行了研究，在此基础上建立了面向可重构 ERP 的 X 列表模型；将广义工作中心列表发展为可重构 ERP 的企业结构模型，并提出了广义工作中心的重构运算方法；将企业过程列表发展为可重构 ERP 的企业过程模型，提出了企业过程的过程代数描述、分析、评价和重构方法；将资源消耗列表发展为可重构 ERP 的成本管理模型，提出了基于广义工作中心的作业成本法；引入决策单元代理列表作为可重构 ERP 的分布式决策模型，提出了基于 MAS 的分布式制造资源动态优化配置方法；提出了基于 X 列表的 ERP 实施方法，可以为 ERP 实施的全生命周期提供理论支持，实现快速 ERP 管理系统重构的实施策略。X 列表模型从体系结构和管理机理上支持 ERP 重构，可以为新一代 ERP 系统的开发提供有力的理论支持。

目　　录

第1章 绪 论

木章首先对本书的研究背景进行了论述，回顾了企业资源计划（enterprise resources planning，ERP）随着信息技术发展和企业经营环境变化而发展的过程，对 ERP 在应用中的问题进行了分析，并对 ERP 应用中问题的根源进行了剖析；其次对学术界和企业界在 ERP 发展方向和改善 ERP 柔性和可重构性领域的研究现状进行了概括和分析，并提出了建立基于 X 列表的可重构 ERP 体系的研究目标；最后对本书的课题背景、研究思路、主要内容和创新点进行了介绍。

1.1 ERP 的发展过程与应用问题

1.1.1 ERP 的发展过程

企业资源计划系统是现代管理科学与信息技术结合的产物。ERP 的应用和实施，旨在将企业的各项经营活动的运作通过受控的物流、资金流、信息流通畅地流动而取得显著的经济效益。

ERP 是一个不断发展的概念，其发展主要经历了四个阶段：20 世纪 60 年代的时段式 MRP，70 年代的闭环 MRP，80 年代发展起来的 MRP Ⅱ 和 90 年代出现的 ERP[1]~[17]。如图 1-1（参考文献 [18] ～ [20] 并作了适当修改）所示，从 MRP 出现到 ERP 概念的形成，是随着信息技术的发展和经营环境的改变而产生的企业管理需求不断发展变化、企业集成化范围不断扩大、信息系统功能不断拓展的过程。

20 世纪 60 年代企业面对的是生产者导向的相对稳定和结构化的市场环境，管理方式着眼于纵向的控制和优化，生产过程由产品驱动，并按标准产品组织生产流程。这一阶段企业管理的重心在于降低生产成本，企业的生产目标依次为成本、质量和交货期。而 20 世纪 50 年代后期计算机技术的发展使得在企业管

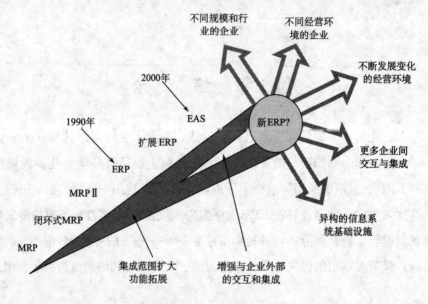

图 1-1 ERP 的发展过程

理中应用计算技术进行大量信息的处理成为可能。这一时期出现的 MRP，即物料需求计划（material requirements planning），是以库存管理为核心的计算机辅助管理工具，其主要功能是利用物料清单（bill of material，BOM）、库存数据和主生产计划计算物料的需求。MRP 是 20 世纪 60 年代以后企业按照产品结构驱动生产流程、控制库存和降低成本的有力计算机辅助管理工具。

至 20 世纪 70 年代，人们在 MRP 的基础上，一方面把生产能力作业计划、车间作业计划和采购作业计划纳入 MRP 中，另一方面在计划执行过程中，加入来自车间、供应商和计划人员的反馈信息，并利用这些信息进行计划的平衡调整，从而围绕物料需求计划，使生产的全过程形成一个统一的 MRP 闭环系统。这就是由早期的 MRP 发展而来的闭环式 MRP。

为了实现对生产全过程的计划和控制的全面支持，在 20 世纪 80 年代，人们把制造、财务、销售、采购、工程技术等各个子系统集成为一个一体化的系统，并称为制造资源计划（manufacturing resource planning）系统，英文缩写还是 MRP，为了区别物料需求计划系统（亦缩写为 MRP）而记为 MRP Ⅱ。MRP Ⅱ可在周密的计划下有效地利用各种制造资源、控制资金占用、缩短生产周期、降低成本，但它仅仅局限于企业内部物流、资金流和信息流的管理。

20世纪90年代以来，随着经济全球化和市场国际化的发展趋势，制造业所面临的竞争更趋激烈。以客户为中心、基于时间、面向整个供应链，成为新形势下制造业发展的基本动向。越来越多的企业意识到赢利和客户满意目标的实现需要跨越单一生产领域的控制和计划，进一步地将企业内包括生产、财务、销售、采购、库存、研发、人力资源等所有领域进行全面的集成管理和控制，以提高企业整体经营的效率，从而制订出能够达到企业整体目标的计划。在此时应运而生的ERP系统，超越了MRP II仅仅对生产领域集成管理的范围，实现了对企业内部供应链上所有领域的全面集成管理，支持混合方式的制造环境，能有效地安排企业的产、供、销活动，满足企业利用一切资源快速高效地进行生产经营的需求，以进一步提高效率、满足客户需求并在市场上获得竞争优势。ERP是一种综合应用了客户机/服务器体系、关系数据库结构、面向对象技术、图形用户界面、第四代语言（fourth-generation language，4GL）、网络通信等20世纪90年代发展起来的信息技术成果，以供应链等先进管理思想为灵魂的企业集成化管理的解决方案。

1.1.2　ERP应用中存在的问题

自20世纪90年代初由美国Gartner Inc.首先提出ERP的定义以来，经过近20年的发展，ERP的应用范围已经从传统的制造业扩展到金融业、高科技产业、邮电与通信业、能源业（电力业、石油与天然气业、煤炭业等）、公共事业、商业与零售业、外贸行业、新闻出版业、咨询服务业、医疗保健业等各行业[21],[22]。

然而在ERP的实际应用中，特别是近几年来，却大量出现了应用效果不理想的问题。在国内，据计世资讯（CCW Research）2003年3月份的调查报告显示，中国ERP系统的实施满意度到目前为止满意的只占6.7%，基本满意的占55.7%，而不满意的占到了37.6%[23]。而国外的统计数据表明70%以上的ERP系统没有达到企业的预期目标，ERP系统的投入成本平均超预算178%，而实施时间平均超过预期时间的230%[24],[25]。更有一些企业在应用ERP系统后由于系统中固化的管理制度和标准化的业务流程无法满足企业特定的管理模式和管理需求，反而经营状况恶化和赢利下降（如 Hersey，Dell，AeroGroup，Snap-On 等），甚至破产（如 FoxMeyer 药业公司）[25]。实施成功率低、实施时间长、实施成本高、维护成本高以及缺乏足够的柔性和可重构性，无法支持企业在当前竞争激烈、需求变化非常迅速、技术革新不断涌现的市场环境下及时调整战略和战术以赢得竞争，成为当今 ERP 系统应用中的突出问题[4],[23]~[28]。

20 世纪 90 年代后期，特别是进入 21 世纪之后，企业所面临的是非结构化、难以预测的市场环境。随着全球经济一体化进程的不断深入，企业的生存环境发生了深刻的变化，产业上下游企业之间的关系由竞争转向合作，而且当今的企业经营模式已由传统的以产品为核心转变到以客户为主导。企业正在将自身业务从纵向高度集成的、注重内部功能优化的大而全模式向更灵活，更专注于核心竞争力的实体模式转化，从而企业可以在整个供应链和价值网络中优化其经济和组织结构。这一变化使得企业客户和解决方案供应商需要重新考虑和改造注重企业内部纵向集成的 ERP 系统，以便涵盖更多的外向型系统元素。另外，新技术的迅速涌现使得产品的生命周期不断缩短，技术含量越来越高，而生产批量却不断减小，用户的需求也日趋多样化、个性化，需求的变化也越来越快。如何帮助企业抓住机遇，快速响应市场的变化，在复杂多变的环境中赢得竞争，求得生存和发展，给产品结构导向、集中式计划驱动、缺乏柔性的传统 ERP 系统带来了极大的挑战。

正如 Davenport[27] 指出的那样，传统 ERP 系统"将其自身的逻辑强加于企业"，迫使企业接受其中固化的规范管理制度和标准化业务流程［即所谓"最佳实践（best practices）"］；传统 ERP 系统的实施应用是"将企业装入企业系统"，即企业适应 ERP 系统，而不是 ERP 系统适应企业的需求。但是，一方面传统 ERP 系统中单一的"最佳实践"对于管理需求、应用模式、业务流程等因行业不同而不同、因规模不同而不同、因经营环境不同而不同的企业不见得都是"最佳"适用的。而另一方面传统 ERP 系统将"最佳实践"固化于软件系统中，往往缺乏足够的柔性和可重构性，无法支持对企业的资源配置、组织结构和经营过程等进行快速重构以敏捷响应市场变化、把握市场机遇。

固化的最佳实践标准业务流程和单一注重企业内部集成在 20 世纪 90 年代曾经是传统 ERP 系统发展初期的优势，但在 21 世纪新的企业市场环境下却成为束缚企业发展、阻碍企业快速应对环境变化的桎梏。

综上所述，在 21 世纪新的市场环境下，传统 ERP 系统应用中问题的根源在于：

(1) 无法适应不同行业和特点的企业环境差异进行初始化重构、实现快速系统实施；

(2) 无法适应企业的内、外部环境和企业运营机制的动态变化进行动态维护性重构；

(3) 无法支持企业间的集成、协作和重构以及集成化的供应链管理；

(4) 基于固化于软件中的过程的集中式的刚性计划和控制，缺乏柔性，无法支持企业过程的动态重构，无法从企业经营全过程和产品全生命周期的角度对企业过程进行优化；

(5) 缺乏开放性和扩展性，难以对企业内部和企业间的异构信息系统进行集成等。

针对这些问题，学术界和企业界开始对 ERP 的发展方向进行探讨，先后提出了一些新的企业信息系统的概念（图 1-1），试图通过功能的拓展和深化来解决这些问题。比如，扩展集成了供应链管理（supply chain management，SCM）和客户关系管理（customer relationship management，CRM）的扩展 ERP（Extended ERP）[29],[30]；按应用功能领域组件模块化的企业应用软件（enterprise application software，EAS）[31]；强调企业内部和企业之间的协同运作，以"协同商务（c-Commerce）"为核心的 ERP Ⅱ[18]~[20],[32]等概念。

国内外学术界和企业界在改善 ERP 柔性和可重构性方面也投入了巨大的力量。目前的研究主要集中在利用先进的计算机软件技术，如分布式对象技术、组件技术、Agent 技术、企业应用集成（enterprise application integration，EAI）、面向服务的架构（service-oriented architecture，SOA）等，将 ERP 系统按功能划分为细粒度的软件组件单元，然后根据企业的特定需求来进行组合定制[33]~[50]。

国内外的 ERP 软件开发商也注意到这些问题，试图从软件实现和软件架构的角度来改善其 ERP 软件产品的柔性和可重构性，如 SAP 的 NetWeaver 集成和应用平台[51]和 mySAP Business Suite 商务套件[52]，Oracle 的 E-Business

Suite 电子商务套件[53]，用友的 UAP（Universal Application Platform）统一应用平台[54]，金蝶的 BOS（Business Operating System）业务操作系统[55]等。然而一方面具有繁多功能组件和复杂配置参数表（SAP/R3 有 3000 多个配置表）的大型 ERP 软件的配置往往需要大量的时间和人力[27]，给 ERP 系统的实施周期和成本的降低带来了极大的困难。另一方面由于功能的可选组件及其复杂配置参数表所提供的选择也是有限的，无法适应不同行业和特点的所有企业环境。并且系统配置一经设定，便在一定程度上固化和难以修改，很难对企业的资源配置、组织结构和经营过程等进行快速重构以敏捷响应市场变化、把握市场机遇。

　　我们认为，能够通过初始化重构以适应不同的企业环境，能够通过维护性动态重构以适应企业发展不同阶段上的环境变化，能够支持企业内和企业间重构的新型 ERP 体系，是 21 世纪新的市场环境下企业集成化信息系统的发展方向。而传统 ERP 系统缺乏柔性和可重构性的根本原因在于其体系结构、管理理念和管理机理的不足，单纯从计算机软件实现技术的角度是无法根本解决这些问题的。

1.2　X 列表与可重构 ERP 体系

　　本研究的目标是：面向可重构 ERP 体系对 X 列表模型进行进一步的发展，从体系结构、管理理念和管理机理更新的角度对基于 X 列表模型的可重构 ERP 的体系结构、重构方法和快速实施方法进行研究。

　　随着全球经济一体化进程的不断深入，企业的生存环境发生了深刻的变化，使得企业和解决方案供应商需要重新考虑和改造注重企业内部纵向集成的 ERP 系统，以便涵盖更多的外向型系统元素。另外，如何帮助企业抓住机遇，快速响应市场的变化，在复杂多变的环境中赢得竞争，求得生存和发展，给产品结构导向、集中式计划驱动、缺乏柔性的传统 ERP 系统带来极大的挑战。在我国加入 WTO 之后，大量的国有和民营中小企业在国内市场面临着国外企业的有力竞争，又必须积极出击国际市场以取得发展，处于国际化市场冲击下发展的重要阶段。因此企业急需具有可重构性的集成化信息系统的支持，以适应不同的企业环境，适应企业发展不同阶段上的环境变化，支持企业间积极、有效的集成与协作。面对传统 ERP 系统的不足，国家高技术研究发展计划（"863"计划）先进制造与自动化技术领域现代集成制造系统技术主题提出了研制"新一代 ERP"，采用先进技术、先进管理架构研制符合中国国情的 ERP 产品的构想。本书对基于 X 列表体系的可重构 ERP 体系的研究将从体系结构和管理机理上为符合中国国情、具有原始创新和国产自主知识产权、具有竞争力的新一代先进 ERP 软件系统的开发提供理论支持，具有重要的理论意义和现实意义。

1.3　课题背景

本研究的核心内容主要来自于作者所在课题组 2003～2005 年所承担的国家高技术研究发展计划（"863"计划）先进制造与自动化技术领域现代集成制造系统技术主题课题"基于 X 列表的 ERP 系统重构、改装和快速实施方法"，课题编号：2003AA413231。

本研究部分内容来自于作者所在课题组 2001～2004 年所承担的国家高技术研究发展计划（"863"计划）课题先进制造与自动化技术领域现代集成制造系统技术主题课题"基于 BOX 和前馈成本控制的 ERP 管理体系研究"，课题编号：2001AA414130。

1.4　主要内容

本书采用系统分析的理论和方法，从整体系统的角度对可重构 ERP 系统的组成要素及其相互关系以及在重构过程中动态变化过程进行研究。本书首先对可重构 ERP 体系的基础理论进行研究，从非线性系统的角度对可重构 ERP 系统的集成和重构进行了分析，并对可重构 ERP 系统进行了需求分析，在此基础上建立起面向可重构 ERP 体系的 X 列表模型。其次本书对 X 列表模型中的企业结构模型、企业过程模型、成本管理模型、分布式决策模型等模型组件以及基于 X 列表模型的 ERP 系统重构方法和快速实施方法进行了研究。

本书共分为八章，主要内容结构如图 1-2 所示。

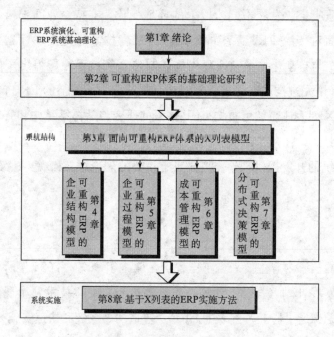

图 1-2　本书内容结构

第 1 章　绪论：主要说明本书的研究基础、研究背景、研究目标和意义、内容结构与主要内容以及主要创新点。

第 2 章　可重构 ERP 体系的基础理论研究：从整体系统的角度对可重构 ERP 系统进行分析，讨论了系统和系统重构的定义，提出了 ERP 系统重构和可重构 ERP 系统的定义，并对 ERP 系统重构的起因和目的，以及可重构 ERP 系统的非线性系统本质进行了讨论。接下来本章讨论了 ERP 系统重构的分类以及 ERP 系统重构的本质。

第 3 章　面向可重构 ERP 体系的 X 列表模型：首先对可重构 ERP 从企业系统和信息系统的角度进行了需求分析，在此基础上建立了支持 ERP 重构的 X 列表模型抽象层次结构，其由广义工作中心列表、企业过程列表、资源消耗列表和决策单元代理列表构成，分别代表企业结构模型、企业过程模型、成本管理模型和分布式决策模型，并对 X 列表模型对 ERP 重构的支持进行了讨论。其次，本章对基于 X 列表的可重构 ERP 建模概念框架进行了讨论。最后本章给出了基于 X 列表的可重构 ERP 的软件系统架构。

第 4 章　可重构 ERP 的企业结构模型：本章对 X 列表模型中的可重构 ERP 的企业结构模型——广义工作中心列表进行了论述，首先给出广义工作中心列表模型，其次对基本工作中心、广义工作中心、虚拟工作中心等广义工作中心列表模型构件的定义进行了讨论，并提出了广义工作中心的重构运算。

第 5 章　可重构 ERP 的企业过程模型：本章对 X 列表模型中的可重构 ERP 的企业过程模型——企业过程列表进行了论述，首先给出企业过程列表模型，然后对抽象活动、作业、企业过程等模型构件的定义进行了讨论，讨论了基于过程代数的过程模型化方法，并对企业过程的评价和重构进行了论述。

第 6 章　可重构 ERP 的成本管理模型：本章对传统 ERP 中的成本计算方法和传统作业成本法及其存在的问题进行了讨论，提出了基于广义工作中心的作业成本法并发展了资源消耗列表模型，然后通过一个算例对该方法进行了验证。

第 7 章　可重构 ERP 的分布式决策模型：本章对代理、多代理系统的基本概念和应用进行了简要的介绍，并对基于 MAS 的分布式决策进行了讨论。为解决传统 ERP 中的集中式、刚性计划机制的缺点，在 X 列表模型中引入决策单元代理列表作为可重构 ERP 的分布式决策模型，基于多代理的协调、协作与协商实现可重构 ERP 运行中的动态分布式决策。基于 MAS 的一般均衡的拟市场多代理协商机制，提出了一种分布式制造资源动态优化配置方法，该方法与传统 ERP 中的集中式、刚性计划资源分配机制相比，能够支持分布式决策单元的交互协商决策，具有更高的柔性、动态适应性和支持可重构性的特点，可以实现资源的动态优化配置。

第 8 章　基于 X 列表的 ERP 实施方法：本章首先讨论了 ERP 实施的一般过程，讨论了现有的 ERP 实施方法论及其存在的问题。然后本章从实施速度和所涉及的重构层次的角度对企业实施 ERP 的策略进行了讨论。本章针对现有 ERP 实施方法论的问题，提出了基于 X 列表的 ERP 实施模型和实施过程，可以为 ERP 实施的全生命周期提供理论支持，实现快速 ERP 管理系统重构的实施策略。

1.5　主要创新点

本书的研究工作中取得的创新性成果如下：

（1）发展了 X 列表模型，建立了面向可重构 ERP 体系的 X 列表模型抽象层次结构，可以支持 ERP 系统建立时适应不同企业环境的初始化重构和 ERP 系统运行中适应企业环境变化的持续改进的动态重构，以及结构重构和过程重构。

（2）将 X 列表的广义工作中心列表发展为可重构 ERP 的企业结构模型，提出了基本工作中心的定义，改进了广义工作中心、广义工作中心列表等可重用基本模型构件的定义，并提出了广义工作中心的重构运算方法，能够支持不同粒度、不同层次的企业结构模型重构。

（3）将 X 列表的企业过程列表发展为可重构 ERP 的企业过程模型，提出了作业的定义，改进了企业过程、企业过程列表等可重用基本模型构件的定义，并提出了企业过程的过程代数描述方法，以及基于过程代数的企业过程分析、评价和重构方法，能够支持不同粒度、不同层次的企业过程模型重构。

（4）将 X 列表的资源消耗列表发展为可重构 ERP 的成本管理模型，提出了基于广义工作中心的作业成本法，改进了资源消耗列表模型，能够有力地支持可重构 ERP 的成本管理。

（5）在 X 列表模型中引入决策单元代理列表作为可重构 ERP 的分布式决策模型，基于多代理的协调、协作与协商实现可重构 ERP 运行中的动态分布式决策。本书提出了基于 MAS 的分布式制造资源动态优化配置方法，其能够支持分布式决策单元的交互协商决策，具有更高的柔性、动态适应性，并支持可重构性，可以实现资源的动态优化配置。

（6）提出了基于 X 列表的 ERP 实施方法，基于 X 列表获取用户需求，建立与特定 ERP 软件系统无关的抽象企业需求模型，基于此模型进行企业诊断、企业改造、ERP 软件系统的选型，以及一整套的 ERP 解决方案的确定，并最终用自动化和半自动化的方式将用户的需求转化为特定 ERP 软件系统的模块配置、模块参数设定等指令，可以为 ERP 实施的全生命周期提供理论支持，实现快速ERP 管理系统重构的实施策略。

第 2 章　可重构 ERP 体系的基础理论研究

2.1　系统与系统重构

2.1.1　系统的定义

系统由某些相互联系的构件集合而成。这些构件可以是具体的物质，也可以是抽象的组织。它们在系统内相互影响而构成系统的特性。由这些构件集合而成的系统的运行有一定的目标。系统中的构件及其结构变化都可能影响和改变系统的特性[56]。

2.1.2　系统重构

构形（configuration）是很多领域里广泛使用的概念。每种系统都有确定的物理形态或抽象的概念模式（pattern），这样人们才能将它们从客观世界中辨别和分离出来。系统的物理形态或概念模式在时间坐标上的某一时刻点的状态"定格（snapshot）"，定义为系统的构形[57]。一个构形是确定条件下某个系统在某一时刻的临时固定状态。一个系统的构形主要包括该时刻其全部系统构件的集合、每种构件的属性或性质、构件间的联系（空间、时间、功能、逻辑等联系）等内容。系统构形是一个动态的概念，在不同条件下，一个系统会呈现出不同的构形，它们赋予系统进化能力。系统的构形可以认为是进化轨迹上的临界离散点（突变点），呈现多种构形的能力为系统提供了满足多种要求的手段。例如，许多生命体在不同的环境条件下采取不同的构形，达到生存发展。许多产品如汽车和飞机就是在多种构形下开发和维护以满足不同的约束集。

重构（reconfiguration）指系统从一种构形向另一种构形的变迁[57]~[60]。重构是系统适应环境的变化以求得生存和发展的基本手段。重构不仅仅只考虑到新系统构形，还必须考虑到旧系统构形。重构是在旧系统构形的基础上进行的，通过改变旧系统构形的组成或结构，得到一个新的系统构形[60]。可重构性（reconfigurability）是指系统所具有的重构能力。可重构系统（reconfigurable system）指具有可重构性的系统，当环境条件发生变化时能够动态地改变其当前系统构形[57]~[59]。

目前，学术界将"重构"与"重组"及相关词汇混用。从字面上看，重构指重新构造系统的结构及重新组合系统的功能。重构可能需要从系统外引入新的构件，或从系统中移出已有构件，或用一个构件替换另一个构件，即物理重构；或保持已有系统构件不变而仅改变已有系统构件之间的联系，即逻辑重构[59]。重组指重新组合，一般仅在系统原有构件的基础上进行，并不从系统外引入新的构件[59]。从严格意义上说，"重构"的内涵比"重组"要宽泛一些。

2.2　可重构 ERP 系统

2.2.1　ERP 系统的含义

关于 ERP 的含义，学术界和企业界一直有许多不同的看法。有人认为 ERP 是一种软件产品，是一种企业信息系统解决方案。仅仅从计算机支持工具的角度来理解和应用 ERP 系统，这正是许多 ERP 项目失败的重要原因之一。有学者认为 ERP 包括 ERP 管理理念和 ERP 软件系统两重含义[2]；也有学者认为 ERP 具有软件产品、将企业所有的过程和数据映射到一个综合集成的结构中去的发展目标、企业解决方案基础设施的关键组成部分三重含义[1]；还有学者认为 ERP 包含了 ERP 管理思想、ERP 软件和 ERP 管理系统三重含义[61]等。

本书认为，如图 2-1 所示，ERP 系统有三重含义：

（1）ERP 是一种随着信息技术发展和企业经营环境变化而不断发展的管理理念，其发展过程如第 1 章所述。ERP 管理理念还在继续发展。

（2）ERP 信息系统是 ERP 管理理念通过信息系统形式实现的体现。

（3）ERP 管理系统是以 ERP 管理理念为指导，体现特定企业的管理需求、应用模式、业务流程特殊客户化 ERP 信息系统支持的企业管理系统。

本书所讨论的 ERP 系统指的就是上述第三个层次的含义。与文献［61］不

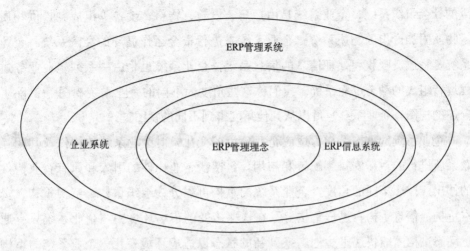

图 2-1　ERP 系统的含义层次

同的是，本书认为 ERP 管理系统包含了应用 ERP 的企业系统，从而 ERP 系统重构不仅仅指 ERP 信息系统的配置重构，还包括 ERP 信息系统支持下的企业系统的改造和重构。

2.2.2　ERP 系统重构

ERP 系统重构（ERP system reconfiguration）不仅仅指 ERP 信息系统的重构，即对 ERP 信息系统的剪裁、配置和二次开发。ERP 系统重构还应从 ERP 管理系统的角度来定义。ERP 系统重构是指为适应企业的环境变化，以 ERP 管理理念为指导，在 ERP 信息系统的支持下对企业系统进行重构，并同时按照企业系统管理重构的需求对 ERP 信息系统进行重构。因此 ERP 系统重构既包括 ERP 信息系统的重构，也包括企业系统的重构。ERP 系统重构的主体是企业系统，ERP 信息系统是企业系统重构的支持工具。因此，脱离企业系统重构的管理需求而片面讨论 ERP 信息系统的可重构性是毫无意义的。

2.2.3　企业系统重构

企业是一个由人、设施、机器、材料、资金、信息等诸构件及其相互联系而组成的复杂系统。从不同的角度看：企业系统是由人、人与人之间的联系组成的社会组织系统；企业系统是由厂房、设施、物料、设备等组成并提供物质或物质附加产出的物质系统；企业系统是进行资金运作循环的经济系统；企业系统是释放、吸收和处理信息的信息系统；企业系统也是由一系列企业业务过程运转组成的动态过程系统。我们称这些角度为不同的企业系统视图[62]。除了上述的视图，企业系统也可以从其他角度得到不同的视图。

企业系统的重构是指为适应企业环境的变化，对企业系统的构件及其相互联系所进行的重新安排、配置和利用，包括新企业构件的引入和原有企业构件的移出。按照不同的角度，企业系统的重构可以分为组织重构、资源重构、资本重构、信息重构、过程重构等。在快速多变的市场环境中，企业系统只有通过动态重构才能快速平稳地转换到新的状态以适应环境变化。企业系统的重构成为企业对环境变化做出响应而得以继续生存的根本手段。

2.2.4　可重构 ERP 系统的定义

可重构 ERP 系统（reconfigurable ERP system）是指具有随着企业环境变化进行重构的能力的 ERP 系统，是一种能够通过初始化重构以适应不同的企业环境，能够通过维护性动态重构以适应企业不同发展阶段上的环境变化，并能够支持企业内和企业间集成与重构的新型 ERP 体系。

可重构 ERP 系统并不仅仅指可重构的 ERP 信息系统。可重构 ERP 系统的实质是能够在具有可重构性的 ERP 信息系统的支持下对企业系统进行重构和改造以适应企业环境变化的 ERP 管理系统。因此要构建可重构 ERP 系统必须从管理理念和管理机理的更新的角度入手，仅仅从信息系统架构和软件实现技术角度是无法从根本上解决 ERP 系统的可重构性的。

2.2.5　ERP 系统重构的起因和目的

可重构 ERP 系统由企业系统和 ERP 软件系统组成，能够在 ERP 软件系统的支持下快速对企业系统进行重构以响应企业市场环境的变化。可重构 ERP 系统可表示为一个二元组

$$RERPS = (ES, ERPSS) \tag{2-1}$$

其中，RERPS 为可重构 ERP 系统，ERPSS 为 ERP 软件系统，ES 为企业系统。

企业系统由人、设施、机器、材料、资金、信息等诸构件及其相互关联组成，其运转是为了完成来自于企业市场环境所需求的一系列任务，从而实现企业的总体目标（time、quality、cost、service、environment，简称 TQCSE），适应企业市场环境的变化。因此，企业系统 ES 可表示为一个三元组

$$ES = (EO, ET, ER) \tag{2-2}$$

其中，EO 为企业的总体目标集合，即

$$EO = \{eo_i \mid i = 1, 2, \cdots, N_o\} \tag{2-3}$$

eo_i 为企业的第 i 个目标，N_o 为目标的个数；ET 为企业的任务集合，即

$$ET = \{et_j \mid j = 1, 2, \cdots, N_t\} \tag{2-4}$$

et_j 为企业的第 j 个任务，N_t 为任务的个数；ER 为企业组成构件的集合，即

$$ER = \{er_k \mid k = 1, 2, \cdots, N_r\} \tag{2-5}$$

er_k 为企业的第 k 个组成构件，N_r 为组成构件的个数。

考虑如下几种情况：

（1）当企业的总体目标 EO 发生变化（外部环境因素变化引起），企业任务集合 ET 不变时，企业为了实现新的目标就必须在 ERP 软件系统 ERPSS 支持下对 ER 中的企业组成构件及其相互关联进行重构，同时 ERPSS 也必须进行重构以满足由于企业目标 EO 变化所带来的新的需求，从而导致整个 ERP 系统 RERPS 的重构。

（2）当企业的总体目标 EO 不变，企业任务集合 ET 发生变化（外部环境因素变化引起）时，企业为了完成改变的任务就必须在 ERP 软件系统 ERPSS 支持下对 ER 中的企业组成构件及其相互关联进行重构，同时 ERPSS 也必须进行重构以满足由于企业任务 ET 变化所带来的新的需求，从而导致整个 ERP 系统 RERPS 的重构。

（3）当企业的总体目标 EO 不变，企业任务集合 ET 也不变，企业组成构件的集合 ER 发生变化（由内部环境因素变化引起的企业组织结构、资源配置的变化等，或由外部环境因素变化引起的企业间合作伙伴关系、企业间共享资源的变化等）时，ERP 软件系统 ERPSS 也必须进行重构以满足企业组成构件的集合 ER 变化所带来的新需求，从而也会导致整个 ERP 系统 RERPS 的重构。

（4）当企业系统 ES 不变，ERP 软件系统 ERPSS 发生变化（信息技术的发

展等外部环境因素变化引起的 ERP 系统实施、升级、新技术的采用等）时，企业系统 ES 也必须对其目标 EO 和任务 ET 进行调整，对 ER 中的企业组成构件及其相互关联进行重构，以适应 ERPSS 的变化，从而引起整个 ERP 系统 RERPS 的重构。

（5）上述四种情况的组合，当企业系统 ES 的目标 EO、任务 ET 和组成构件的集合 ER 都发生变化时，ERP 软件系统 ERPSS 也发生变化，即企业的内外环境因素都发生变化，也会引起整个 ERP 系统 RERPS 的重构。

因此，ERP 系统重构是由企业内部环境因素的涨落和外部环境因素的扰动变化引起的，ERP 系统重构的目的是为了支持企业快速响应环境变化，通过重构形成有序的系统结构，促进企业的进化，赢得竞争和发展。

2.2.6　可重构 ERP 系统的非线性系统本质

企业系统是一个复杂的非线性系统[63]，因此包含企业系统在内的可重构 ERP 系统从本质上来说也是一个复杂的非线性系统。

假设可重构 ERP 系统可表示为如下非线性系统，即

$$Y = f(X) \tag{2-6}$$

其中，$f(\cdot)$ 为可重构 ERP 系统的非线性函数关系；Y 为系统输出元；X 为系统输入元向量，即

$$X = [x_i]_{1 \times N_x}^{\mathrm{T}} \tag{2-7}$$

其中，$i \in [1, N_x]$，N_x 为系统输入元参数的个数。

前苏联科学家伊万年科（Ivakheneko）借用生物控制论中的自组织原理将此非线性系统利用 Volterra 级数展开式离散为 Kolmogorov Garbor 多项式[64],[65],[60]

$$Y = \alpha_0 + \sum_{i=1}^{N_x} \alpha_i x_i + \sum_{i=1}^{N_x} \sum_{j=1}^{N_x} \alpha_{ij} x_i x_j + \sum_{i=1}^{N_x} \sum_{j=1}^{N_x} \sum_{k=1}^{N_x} \alpha_{ijk} x_i x_j x_k + \cdots + \mathrm{H.O.}$$

$$\tag{2-8}$$

式（2-8）穷尽了输入元自身和相互间的各种组合，被认为是非线性模型的完全描述，可达到最佳拟合。其中一阶项为各输入元之间的线性集成，高阶项为各输入元之间的非线性集成。高阶项的系数可以看做输入元之间合作的协调系数，

系数为正表示协调的效益，系数为负表示协调的风险。H. O. 为各输入元更高阶的合作项。

将企业系统目标集合 EO 中的某一目标看做可重构 ERP 系统式（2-6）的输出元 Y，将企业系统组成构件集合 ER 中的组成构件和任务集合 ET 中任务的相应属性看做式（2-6）的输入元 X，可以看出，可重构 ERP 系统实质上是在 ERP 信息系统的支持下，根据企业的目标和任务，对企业系统的组成构件及其相互关联进行集成和重构，促进系统组成构件间的协同运作，形成有序的系统结构，利用系统组成构件间的非线性集成效应来实现系统的非线性增值，以达到实现系统目标、适应环境变化和系统发展进化的目的。

2.2.7　ERP 系统重构与集成的关系

企业集成旨在不断地减少企业系统结构和功能上的冗余，加强其结构内在的关联程度以及与其相关的环境的关联程度。企业集成不可避免地会带来企业系统构建及其相互关系的外在形式的改变，即企业系统的重构。使这种改变成为具有内在动力的、体制的客观作用力，并促进企业的发展，正是企业集成的目的[62]。企业集成通过增强企业组成构件间的联系，使得信息流、控制流和物料流等能够跨越组织结构的界限顺畅地传递，通过改善企业内的通信、合作与协调，将企业组成一个协调优化的运行整体，从而达到提高生产率，提高柔性、可重构性以及对市场环境变化的响应速度，完成企业目标的目的[66]。

企业系统的重构是在原有企业系统的基础上进行的，重构的目的是为了提高企业系统的总体运行性能，使企业适应市场环境的变化。企业系统的集成程度越高，其组成构件及其相互联系就越有序，企业系统的整体运行就越协调。只有把企业系统的组成构件有机地集成在一起才可能共享信息和资源，才能在较短的时间内从整体企业系统的角度对其进行优化和重构，提高企业对市场环境变化的快速响应能力。全球化的竞争使得单独一家企业难以具备所有的优势资源来抓住市场机遇，企业间往往需要采取动态联盟等协作方式，共享优势资源，分担风险和成本，以快速响应产品的客户化需求，实现共同赢利的目的。在 21 世纪新的市场环境下，企业只有提高企业与其合作伙伴间的集成程度，与合作伙伴进行资源互补的紧密合作，实现企业业务过程与合作伙伴业务过程间的协同运作，才能够更快、更有效地对企业系统进行重构和优化，快速响应企业市场环境的变化，赢得竞争和发展。

但从另一角度来看，系统的集成度越高，其组成构件间的联系越复杂、越难被改变，系统的柔性就越差，就越难于进行重构。集成化企业系统的可重构性与系统的集成粒度和系统的体系结构有很大的关系。集成粒度越小，系统中的组成构件就越多，系统重构的灵活性就越高，即可重构性越高，但系统管理和控制的复杂程度就随之增加，从而使系统的运行效率降低，无法达到快速响应系统环境变化的目的；反之，集成粒度越大，系统的组成构件就越少，虽然系统管理和控制的复杂程度降低，系统的运行效率升高，但是系统重构的灵活性也越低，即可重构性越低，同样无法达到快速响应系统环境变化的目的。另一方面，从系统开放性的角度来看，集成化系统的体系结构越开放，组成构件的可重用性越高，组成构件间相互联系的有序度越高（即构件间接口的通用性和标准化程度越高，构件间的依赖性、耦合性越低），系统的可重构性就越高。

可重构 ERP 系统是企业集成和重构的平台。系统的集成粒度的选择，体系结构可开放性、可扩展性，系统构件的可重用性，构件相互联系的有序度，都是可重构 ERP 系统构建中的关键问题。可重构 ERP 系统必须要解决传统 ERP 只注重企业内集成，以及固化"最佳实践"、系统集成体系结构缺乏柔性和可重性等问题。

2.3　ERP 系统重构的分类

从不同的角度和层次划分，ERP 系统重构可以有许多种含义。按照 ERP 系统的生命周期可以划分为初始化重构和维护性重构；按照企业系统可以划分为结构重构和过程重构；按照重构的持久性可以划分为即时性重构和持久性重构；按照重构的范围可以划分为企业内重构和企业间重构；按照重构的层次可以划分为信息系统层次的重构和管理系统层次的重构；按照重构的对象可以划分为组织重构、资源重构和企业过程重构等。以下重点阐述前三种分类。

2.3.1　初始化重构和维护性重构

从 ERP 系统生命周期的角度来看，ERP 系统的重构可以分为初始化重构（initialization reconfiguration）和维护性重构（maintenance reconfiguration），如图 2-2 所示。

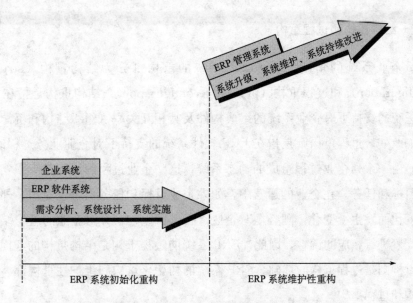

图 2-2　ERP 生命周期中的系统重构

初始化重构是指在 ERP 系统的实施过程中根据企业的行业特点、管理模式、业务过程、应用需求和软硬件系统等特殊要求，在 ERP 管理理念的指导下对企业系统进行重构和改造，并同时对 ERP 软件系统进行的剪裁、定制和二次开发，从而建立起具有合理的企业业务过程、组织结构和资源配置的 ERP 管理系统的过程。ERP 系统初始化重构中所面临的主要问题是对于不同企业环境的适应能力。从图 2-2 中可以看出，从 ERP 系统初始化重构到 ERP 管理系统构建完成是一个突变性的阶跃，成功的 ERP 实施和应用应该能够帮助企业实现质的转变。

维护性重构是指在 ERP 系统的运行过程中为响应市场环境的变化、企业战略的调整以及例外情况的发生，在 ERP 软件系统的支持下对企业的业务过程、组织结构、资源配置所进行的动态改进。维护性重构是 ERP 系统的持续改进过程。ERP 系统维护性重构中所面临的主要问题是对于企业市场环境变化的适应能力。

初始化重构是 ERP 系统建立的静态重构（static reconfiguration）过程，而维护性重构则是 ERP 系统运行中持续改进的动态重构（dynamic reconfiguration）过程。

2.3.2 结构重构和过程重构

从企业系统的角度来看，ERP 系统的重构可分为结构重构（structure reconfiguration）和过程重构（process reconfiguration）。结构重构是指在 ERP 软件系统的支持下对企业系统的组成构件及其相互关联（组织结构和资源配置等）的改变。过程重构则是指在 ERP 软件系统的支持下对企业业务过程改进。企业是由一系列企业过程组成的动态系统，这些企业过程的运行是为了实现企业的目标和任务。在企业的运营中，如果企业目标和任务由于企业内、外部环境的变化而发生了变化，则必须对企业过程进行重构，并对企业的组织结构和资源配置进行相应的调整。因此，ERP 系统的过程重构是结构重构的起因，而结构重构则是过程重构的基础。ERP 系统的初始化重构和维护性重构都涉及结构重构和过程重构。

如图 2-3 所示，从 ERP 系统重构的范围来看，ERP 系统的重构又可以划分为企业内重构和企业间重构。ERP 系统的结构重构又可以划分为企业内结构重构和企业间结构重构，ERP 系统的过程重构又可以划分为企业内过程重构和企业间过程重构。ERP 系统企业间的结构重构是指在 ERP 软件系统的支持下企业间的动态联盟组织、合作伙伴关系和共享资源配置的改变。ERP 系统企业间的过程重构是指在 ERP 软件系统的支持下通过对企业与其伙伴企业的业务过程之间的交互接口的重构与配置，以使得企业与其伙伴企业的业务过程形成一个协调运作的整体业务过程。

2.3.3 即时性重构和持久性重构

从重构持久性来看，ERP 系统重构可以分为即时性重构（ad hoc reconfiguration）和持久性重构（persistent reconfiguration）。即时性重构是指 ERP 系统

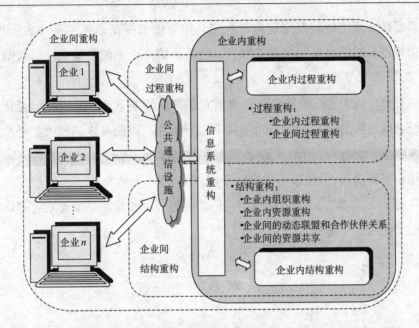

图 2-3　ERP 系统的结构重构和过程重构

在执行某一任务实例的过程中，由于例外情况的发生（设备故障、进度滞后或超前等），而对与该任务实例相关的企业过程、组织结构、资源配置等进行即时性动态改变，以保证该任务实例的完成，所作的改变并不保存到该任务的执行规则中，也并不影响与所发生例外情况无关以及例外情况结束后其他任务实例的运行。持久性重构指 ERP 系统由于市场需求的变化、企业策略的调整等而对相关的企业过程、组织结构、资源配置等进行相对持久性改变，所作的改变会保存为相关任务的执行规则，并会影响到改变后所有相关任务实例的运行。ERP 系统的初始化重构是持久性重构，而 ERP 系统的维护性动态重构可能是即时性重构也可能是持久性重构。

2.4　ERP 系统重构的本质

2.4.1　从控制论的角度看 ERP 系统重构的本质

从控制论和系统动力学的角度来看，ERP 系统重构本质上是一种正反馈行为。

负反馈使系统的状态变化趋于稳定，使系统维持在原先的平衡点；相反，正反馈则使系统的状态变化趋势增强，使系统偏离原来的平衡点，向新的平衡点迁移[56],[60]。

在外部环境因素扰动和内部环境因素涨落的影响下，为适应环境变化，企业系统必须在可重构 ERP 系统的支持下进行重构，以使系统达到收益更高的新的平衡状态。如图 2-4 所示，ERP 系统重构过程中，系统从原来收益（V_1）较低的稳定平衡状态 P_1 越过不稳定的平衡状态 P_2，到达收益（V_3）较高的稳定平衡状态 P_3。因此，ERP 系统重构是使系统偏离平衡状态，推动系统进化以适应环境变化的正反馈行为。

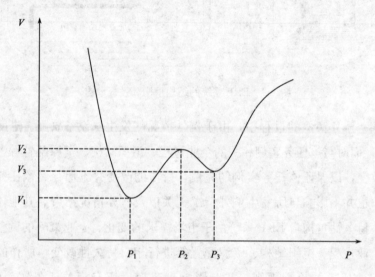

图 2-4　ERP 系统重构过程中系统平衡状态的迁移

2.4.2　从耗散结构理论的角度看 ERP 系统重构的本质

从耗散结构理论的角度看，ERP 系统重构本质上是系统从无序到有序，从有序向更高层次有序的进化过程。

企业系统是与外界环境有着物质、信息和能量交换的系统；企业系统处在复杂的环境中，存在内部因素的涨落和外部因素的扰动；企业系统是在运作过程中随环境变化不断动态发展变化的远离平衡态的系统；企业系统内部的子系统之间存在非线性的相互作用机制。因此，企业系统有着耗散结构特征[67]，从而包含企业系统在内的可重构 ERP 系统也具有耗散结构特征。

根据耗散结构理论，企业系统的总熵流可表示为[68]

$$dS = d_eS + d_iS \tag{2-9}$$

其中，dS 为系统总熵的改变；d_iS 为系统内部的熵产生，这部分一定不为负；d_eS 为系统与外界的熵的交换，这部分可正、可负，也可为零。

如果 $dS = 0$，即企业内部与外部总熵流为零，表示企业处在稳定的平衡状态；如果 $dS > 0$，即企业内部与外部总熵为正，表示企业处在有序度降低的退化状态；只有在 $dS < 0$ 的情况下，即企业内部与外部总熵流为负时，企业才是处于向更高有序发展的进化状态。因此，企业若要保持可持续发展，关键是使企业系统形成耗散结构，采取措施减少系统的正熵流、增加系统的负熵流。

ERP 系统重构是在 ERP 软件系统的支持下对企业系统进行重构。在 ERP 系统重构的过程中，对企业系统内部组成构件及其相互关联的重组和集成以形成合理的系统结构可以减少系统内部的正熵流，从企业外部环境中引入新的构件（引进人才、引进资金、引进技术、获取资源以及企业间的集成和重构等）可以增加从系统外部流入的负熵流。因此，ERP 系统重构是使系统保持负熵流，从无序到有序，从有序向更高层次有序的进化过程。

2.4.3　从自组织理论的角度看 ERP 系统重构的本质

从自组织理论的角度来看，ERP 系统重构本质上是一种系统的自组织过程。

自组织过程是指系统不依靠外力的直接作用和干预，通过本身的发展和进化形成某种新的有序结构以适应环境变化的过程[56],[60],[69],[70]。企业系统可以看做是由不同层次的子系统组成的，各子系统在完成自身任务的同时，也互相协作，以共同完成企业的总体任务，实现企业的总体目标。传统的企业管理中采用的是集中决策的模式，各子系统不具有自主决策的权利，因而无法快速进行重构以响应环境的变化。可重构 ERP 系统要求企业系统的子系统具有一定程度的自主性，能够对系统环境的变化作出快速的局部自主决策，并通过系统的协调机制对子系统的决策进行协调，使整体系统协同运作，保证系统总体目标的实现。企业间所采取的虚拟企业[71]~[74]等合作形式更无法采用集中决策的模式，只能采取各伙伴企业自主决策并由核心企业整体协调的模式。因此，ERP系统重构是推动企业系统跨越混沌走向有序和协同的自组织过程。

2.5　本章小结

本章从整体系统的角度对可重构 ERP 系统进行分析。本章首先比较了系统和系统重构的定义；其次界定了本书所讨论的 ERP 系统的三重含义，提出了ERP 系统重构和可重构 ERP 系统的定义，并对 ERP 系统重构的起因和目的，以及可重构 ERP 系统的非线性系统本质进行了讨论；最后讨论了 ERP 系统重构的分类以及 ERP 系统重构的本质。

第3章 面向可重构ERP体系的X列表模型

3.1 引　言

以BOM为核心基础数据的传统ERP系统，是一种面向狭义生产单元、基于产品构成单元和依据企业管理职能划分软件功能单元的ERP系统，在机理上是一种以产品为集成纽带、物流驱动（无论推式还是拉式），以职能分工为主导的管理模式。这在MRPII/ERP产生的初期是较为合理的，那个阶段企业的产品结构和管理职能结构比较稳定，整个企业的运作都是围绕着核心产品进行的，企业的首要目标是降低成本扩大产能。然而在当前市场环境下，新技术的产生和发展越来越快，产品的复杂性越来越高，产品的生命周期越来越短，产品的批量也越来越小，客户对于多样性的要求也呈增高的趋势。从而企业只有通过对企业的资源配置、组织结构和经营过程等进行快速重构，提供能够满足不断变化的客户需求的多样化产品，适应不断变化的市场环境，才能够求得生存和发展。而传统ERP系统以静态的产品结构BOM为核心，以职能分工为主导划分软件功能模块，将业务过程固化于软件系统中，缺乏足够的柔性和可重构性，无法支持快速重构以适应企业经营环境的变化。另外，ERP的应用范围已经从传统的制造业扩展到金融业、高科技产业、邮电与通信业、能源业等各行各业。然而传统ERP在这些行业中的应用却普遍存在着效果不理想的问题（见第1章）。传统ERP系统中的BOM虽然可以较为有效地描述离散制造业的产品结构，但却难于对流程制造业的产品制造过程以及其他非制造业的业务过程进行描述。传统ERP系统中单一的"最佳实践"对于管理需求、应用模式、业务流程等因行业不同而不同，因规模不同而不同，因经营环境不同而不同的不同企业不见得都是"最佳"适用的。

国内外学术界和企业界在改善ERP柔性和可重构性方面投入了巨大的精力（见第1章）。目前的研究主要集中在利用先进的计算机软件技术（如分布式对象技术、组件技术、Agent 技术等），将 ERP 系统的功能划分为细粒度的软件组件单元，然后根据企业的特定需求来进行组合定制。我们认为，传统 ERP 系统缺乏柔性和可重构性的根本原因在于其体系结构和管理机理的缺陷，其单纯从信息系统技术层次是无法得到根本解决的。

为全面、系统地描述企业系统的静态和动态运行特征，笔者所在的课题组在国家高技术研究发展计划（"863" 计划）先进制造与自动化技术领域现代集成制造系统技术主题课题 "基于 BOX 和前馈成本控制的 ERP 管理体系研究" 的支持下，建立了基于 X 列表的 ERP 体系结构[75]~[77]。X 列表体系将离散制造企业系统划分为三个层次：广义工作中心列表、企业过程列表和资源消耗列表，分别表示企业的结构特征、动态过程特征和资源转换特征。基于 X 列表的 ERP 体系结构是一种任务牵引、面向过程、信息与物流均衡的 ERP 体系，与传统的面向功能、物流均衡的传统 ERP 系统相比有本质的不同和巨大的进步。

针对 ERP 系统的重构性的需求，为实现 ERP 的初始化重构以适应不同企业的特点，同时实现 ERP 的动态重构以适应企业经营环境的变化，并支持企业内和企业间的集成与重构，本书对 X 列表体系进行了进一步的发展，从体系结构、管理理念和管理机理更新的角度建立了支持 ERP 重构的 X 列表模型，并对该模型的各个层次进行了深入的研究。

3.2　可重构 ERP 系统的需求分析

可重构性给 ERP 系统带来了新的需求，从企业系统的角度来看主要有以下几点：

（1）对于不同企业环境和环境变化的适应性。可重构 ERP 系统应该能够根据不同企业的行业、规模、经营环境、管理模式、业务过程、应用需求等进行初始化重构，以适应不同的企业环境，并能够支持维护性动态重构以适应企业生命周期不同阶段的环境变化。

（2）对于企业内重构的支持。传统的大批量生产制造模式和刚性生产系统无法适应灵活多变的市场环境，可重构 ERP 必须能够支持企业采用高柔性的生产经营策略，支持企业资源、组织结构和经营过程等的快速重构，敏捷响应市场变化、把握市场机遇。

(3) 对于企业间重构的支持。全球化的竞争使得单独一家企业难以具备所有的优势资源来抓住市场机遇，企业间往往需要采取动态联盟等协作方式，共享优势资源，分担风险和成本，以快速响应产品的客户化需求，实现共同赢利的目的。因此可重构 ERP 必须能够支持企业间的集成和重构，基于企业资源计划对市场机遇和企业资源能力进行分析，找出企业价值链上的优势和不足，对于价值链上的不足环节支持通过组建虚拟企业等方式集成伙伴企业的优势资源，并能够兼容和集成伙伴企业的异构信息系统，支持虚拟企业运行中的分布式计划与动态的调度和监控，以及具有支持伙伴企业成员变化的可扩展性。

(4) 分布式柔性过程计划和控制系统。传统 ERP 采用的是以物流驱动（无论推式还是拉式）、以职能分工为主导的管理模式，其计划和控制是集中式的、刚性的、基于固化在软件中的业务过程的，无法支持企业过程的重构，无法从企业经营全过程角度对企业过程进行优化。可重构 ERP 的计划和控制系统应该是面向过程的、分布式的，由多个分布式的决策单元共同协调制订和执行系统的过程计划，并在计划执行的过程中进行动态的调度和控制，从而实现过程计划和控制的柔性，实现对企业过程动态重构的支持。

(5) 集成化供应链管理。企业间的集成和重构，要求可重构 ERP 能够基于企业资源计划对供应链进行集成化的管理，支持供应链的建模、重构，支持分布式的供应链计划、调度、控制，协调供应链上的信息流、任务流、物流和资金流，降低供应链的运行成本，提高供应链的敏捷性以及对市场的响应速度。

从集成化企业信息系统的角度来看，可重构性给 ERP 系统带来的需求主要有以下几点：

(1) 分布性。集成处于不同地理位置和供应链上不同位置的分布式企业信息系统。

(2) 异构性。兼容企业内部和不同企业的异构软硬平台。

(3) 协作性。企业间和企业内处于产品生命周期各个阶段的分布式、异构工作中心之间必须能够进行及时的交流与有效的协作，以及时响应市场需求的变化，高效率实现企业的目标。

(4) 可重用性。系统的可重构性是以对系统部件的重用为基础的，因此可重构 ERP 的系统部件必须具有高度的可重用性。可重构 ERP 系统还应该提供相应的技术和方法以实现对现有 ERP 系统和其他企业遗产应用系统的集成和重用。

(5) 可扩展性。可重构 ERP 系统还要求系统具有可扩展性,系统单元的数量没有限制,在需要的时候可以通过增加或减少系统单元以支持企业规模和生产能力的调整以及动态联盟中伙伴企业的变化。

可以看出,要满足可重构 ERP 系统的需求,实现可重构性,不仅仅要实现信息系统层次的技术,还要更新体系结构、管理理念和管理机理。

3.3　支持 ERP 重构的 X 列表体系抽象层次结构

要建立可重构的 ERP 系统,必须首先对各种类型企业系统进行分析和抽象,区分出不同企业的共性和特性,以及企业运营过程中的相对稳定部分和相对易变部分。不同企业间共性是 ERP 系统初始化重构的基础,而不同企业相互区别的特性则是 ERP 系统初始化重构的对象。同样,企业运营过程中的相对稳定部分是 ERP 系统动态重构(维护性重构)的基础,而相对易变部分则是 ERP 系统动态重构的对象。

不同类型的企业,其业务过程、产品、管理模式和具体运作方式都会有所差别,这些是 ERP 系统初始化重构的对象;但不同企业产品生命周期上所涉及的各个业务领域种类(如设计、采购、库存、制造、销售、财务、管理等)及其基本运作方式具有一定程度的共性,不同企业的结构要素及其相互关系也具有一定的共性,这些都是 ERP 系统初始化重构的基础。

通过对每一类企业系统的结构及其运作机制深入研究可以发现,企业所有的业务过程都可以视为一系列的管理与决策活动,这些活动的实质是在特定的管理模式与方法的指导和控制下对相关的人员、物料、设施、资金、知识、信息等企业要素进行合理的使用和调度。企业过程的执行过程表现为在一定的业务逻辑的指导下,引用施加于企业系统要素的有关操作方法,完成特定功能的过程。企业业务过程所涉及的业务种类、各种企业系统要素、施加于企业系统要素上的各类操作方法及企业系统要素之间的关系具有相对的稳定性,是 ERP

系统动态重构的基础；随着市场环境的变化、企业战略的调整以及例外情况的发生，业务逻辑和业务过程具有相对的易变性，必须按照某种管理模式对企业的业务逻辑和业务过程进行重构，是 ERP 系统动态重构的主要对象。

因此，企业系统是共性与特性、相对稳定性与相对易变性的统一体。从企业集成化信息系统的角度出发，建立 X 列表体系抽象层次结构，如图 3-1 所示。将人员、物料、设施、资金、知识、信息等企业系统要素抽象为实体对象，将施加于这些实体对象上的操作方法抽象为功能操作。实体是支持企业业务过程的相对稳定且具有相同或相似结构特征和行为特征的企业系统要素的集合。按照其所支持的功能操作的不同，实体可以分类为物料资源、功能资源（人员、设备）、资金资源、信息资源（数据、知识等）、控制信息等。我们可以将企业的基本原子结构单元抽象为基本工作中心，每个基本工作中心都包含相关实体；将基本工作中心所能执行的完成某一特定功能的功能操作的逻辑集合抽象为作业。一个基本工作中心可以执行其能力集范围内的一个或多个作业。基本工作中心是基于 X 列表的 ERP 系统的基本计划和控制单元，作业则是企业过程的原

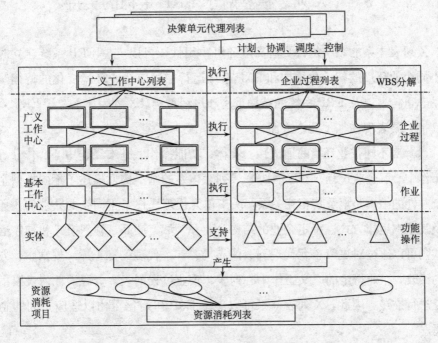

图 3-1　X 列表体系抽象层次结构

子单元。将企业各个层次的结构单元抽象为广义工作中心；将广义工作中心所能执行的实现企业的某个目标或子目标的一系列作业的协同工作流抽象为企业过程。一个广义工作中心可以执行其能力集范围内的一个或多个企业过程。将企业所有广义工作中心的递阶层次结构抽象为广义工作中心列表；将所有企业过程的递阶层次结构抽象为企业过程列表。将企业的各个业务领域的计划、调度、协调、控制等相对独立的决策单元抽象为决策单元代理；将所有决策单元代理所组成的多代理分布式决策系统抽象为决策单元代理列表。将广义工作中心为实现企业目标执行企业过程实例所消耗的资源抽象为资源消耗；将广义工作中心所有资源消耗的集合抽象为资源消耗列表。实体、功能操作、基本工作中心、作业、广义工作中心、企业过程、资源消耗和决策单元代理是面向可重构 ERP 系统的 X 列表模型的基本构件。X 列表由广义工作中心列表、企业过程列表、资源消耗列表、决策单元代理列表组成，分别代表可重构 ERP 系统的企业结构模型、企业过程模型、结构化成本管理模型和分布式决策模型。

3.4　X 列表模型对于 ERP 重构的支持

X 列表体系的系统构件具有高度的可重用性，可以支持 ERP 系统建立时适应不同企业环境的初始化重构和 ERP 系统运行中适应企业环境变化的持续改进的动态重构，以及 ERP 系统的结构重构和过程重构。X 列表体系对于 ERP 重构的支持主要表现在如下几个方面：

（1）对不同企业环境的适应性。实体、功能操作、基本工作中心、作业、广义工作中心、企业过程、资源消耗等 X 列表体系的基本构件描述了不同类型企业系统共性的结构要素及其相互关系，决策单元代理描述了不同企业共性的业务领域及其基本运作方式。特定企业的结构、业务领域、产品、管理模式和具体运作方式则可以通过对决策单元代理列表的布局，各个代理的知识库、规则库、方法库的修改，企业特定的广义工作中心列表、企业过程列表、资源消耗列表模型的建立进行描述。因此，X 列表体系可以支持 ERP 初始化重构以适应不同的企业环境。

（2）对动态重构的支持。决策单元代理列表模型、广义工作中心列表、作业和功能操作描述了企业系统中静态、相对稳定的结构特征，是 ERP 动态重构的基础。代理的规则库、方法库以及企业过程列表描述了企业的动态、易变的行为特征，是 ERP 动态重构的主要对象。因此，X 列表体系可以支持 ERP 动态重构以适应企业不同发展阶段的市场环境变化。

（3）面向全生命周期的过程重构。广义工作中心涉及企业产品全生命周期、企业经营管理全过程各个阶段上的结构单元，从而可以跨越部门和静态组织结构的界限，从企业整体系统的角度对企业过程进行优化和重构。

（4）模块化的结构。基本工作中心和广义工作中心是企业系统不同粒度的可重用结构模块；而作业和企业过程是企业系统不同粒度的可重用过程模块。广义工作中心列表和企业过程列表具有模块化的可扩展结构，通过对基本工作中心和广义工作中心、作业和企业过程的重用可以实现不同层次、不同粒度的结构重构和过程重构。模块化的结构使得重构具有局部性，即一个工作中心或企业过程内部的局部重构不会影响到更高层次的广义工作中心和企业过程的运行，只会影响到该工作中心或企业过程内部的局部运行机制。

（5）计控单元粒度的调整。计控单元粒度是传统 ERP 成功实施的关键因素之一。由于体系结构的限制，传统 ERP 系统中计控单元一经确定就无法或很难改变。在 X 列表模型中，基本工作中心是可重构 ERP 的计控单元，作业则是可重构 ERP 的基本过程单元。将一个作业分解为多个作业使其升级为企业过程，并将相应的基本工作中心分解为多个基本工作中心使其升级为广义工作中心，可以细化系统的计控单元粒度；将一个企业过程内部的子过程合并为一个作业，并将相应的广义工作中心内部的子工作中心合并为一个基本工作中心，可以使系统在更粗的计控单元粒度级别运行。由于广义工作中心列表和企业过程列表重构的局部性，这种计控单元粒度的调整只涉及发生变化的企业过程和工作中心内部的局部重构，不会影响到更高层次的企业过程和广义工作中心的运行。

（6）企业过程与资源的解耦性。作业和企业过程的实例可以由满足其能力集的任何基本工作中心和广义工作中心执行，实现了企业过程列表与广义工作中心列表所集成企业物理资源的解耦，从而使得企业过程列表的重构与广义工作中心列表的重构在某种程度上可以解耦，大大提高了系统的柔性。

（7）企业间集成和重构。虚拟工作中心封装了企业合作伙伴异构、分布信息系统，可以实现企业合作伙伴的共享资源和功能的集成。虚拟工作中心对企业过程实例的执行封装了企业间分布式异构企业过程的集成和重构机制。虚拟决策单元代理封装了伙伴企业的决策单元，企业内部决策单元代理与虚拟决策单元代理的交互规则体现了企业与伙伴企业间的协调协作机制。

（8）分布式柔性过程计划和控制系统。决策单元代理列表中企业产品生命周期上各个阶段、各个领域的决策单元代理共同参与过程计划的制订、过程执行中的监控与协调。决策单元代理的局部自主决策以及决策单元代理列表内各个代理决策的协调可以从整体企业系统的角度形成最优过程计划和控制决策，体现了柔性、分布式、可重构的过程计划和控制策略。

（9）集成化供应链管理。广义工作中心涉及企业供应链上的各个环节，虚拟工作中心可以用来封装供应链合作伙伴的异构、分布式信息系统，从而使得企业内和企业间的供应链可以用统一方式进行集成化的管理。虚拟决策单元代理可以用来封装供应链伙伴的决策单元，共同参与供应链过程计划的制订执行，以及过程执行中的监控与协调。

（10）重构的成本决策支持。资源消耗列表采用基于广义工作中心的作业成本法描述了企业系统运行的经济视图，通过对企业价值链上的作业和执行作业的工作中心进行成本分析可以为广义工作中心列表和企业过程列表的动态重构提供决策支持。虚拟工作中心的资源消耗列表，封装了企业合作伙伴的成本结构，可以为企业间集成和重构中的合作伙伴选择与评价提供成本决策信息，从而更有效地利用合作伙伴的优势共享资源，提高系统对市场需求响应的能力和敏捷性。

3.5　基于 X 列表的可重构 ERP 系统建模概念框架

参照 CIMOSA 企业建模[78]方法，建立基于 X 列表的可重构 ERP 系统建模概念框架。如图 3-2 所示，该框架是由 ERP 系统生命周期维、X 列表维和通用性层次维组成的三维立方体结构。

在该框架中 X 列表体系取代了 CIMOSA 方法中的多视图企业模型（功能视图、信息视图、组织视图、资源视图），其中决策单元代理列表描述了企业的业

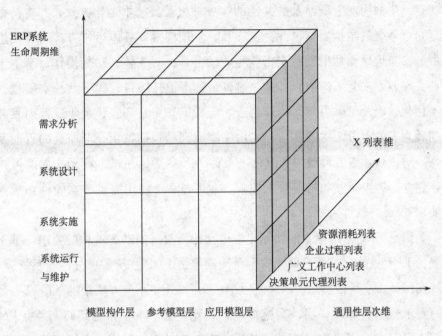

图 3-2　基于 X 列表的可重构 ERP 系统建模概念框架

务领域及其运作方式，代理的知识库、规则库和方法库描述了企业的计划、协调、调度、控制机制；广义工作中心列表描述了企业系统的结构构件及其相互关系；企业过程列表则描述了在企业系统的特定管理与运作规则的指导与控制下，组织调用相关的广义工作中心执行的特定企业过程或作业，以完成企业目标和任务的动态过程；资源消耗列表则描述了企业系统运行的经济视图。与 CI-MOSA 方法中的多视图企业模型相比，X 列表体系不仅描述了企业系统中静态、相对稳定的结构特征（功能、信息、组织、资源），而且描述了企业的动态、易变的行为特征（过程、计划、调度、协调、控制）。而且资源消耗列表采用基于广义工作中心的作业成本法描述了企业系统运行的成本和效益，可以为企业系统的经营决策、运作计划和企业持续改进所要求的企业结构和过程的动态重构提供决策支持。

　　在通用性层次维，模型构件层由实体、功能操作、基本工作中心、作业、广义工作中心、企业过程、资源消耗项目、决策单元代理等 X 列表体系的基本构件组成，描述了不同类型企业系统共性的结构要素及其相互关系，以及企业系统产品生命周期上所涉及的共性的业务领域及其基本运作方式，并支持根据特定企业系统的结构要素、业务、产品、管理模式、具体运作方式等特性进行扩展。参考模型层是根据特定行业企业的共性，对实体、功能操作、基本工作中心、作业、广义工作中心、企业过程、资源消耗项目、代理等基本模型构件的实例化，以及对决策单元代理列表、广义工作中心列表、企业过程列表和资源消耗列表的参考结构的描述。应用模型层则是根据特定企业所属的行业及其特性，对该行业参考模型的实例化，并利用 X 列表体系基本模型构件的可扩展性，建立起适应企业的特定管理模式、业务过程、应用需求和软硬件系统等特殊要求的 ERP 软件系统。

为满足 ERP 系统建立的初始化重构和持续改进的动态重构的要求，基于 X 列表的 ERP 系统建模概念框架的生命周期维由 ERP 系统需求分析、系统设计、系统实施、系统运行与维护四个阶段组成。与 CIMOSA 方法中的三阶段生命周期（需求分析、设计说明、实施描述）相比，它引入了系统运行与维护阶段，将 CIMOSA 中一次性的开环式"建模—实施"过程扩展为一个闭环的"建模—实施—建模"的不断循环、螺旋上升过程。其中需求分析、系统设计和系统实施阶段构成了 ERP 系统建立的初始化重构过程，而系统运行与维护阶段则构成了 ERP 系统持续改进的动态重构过程。这样，基于 X 列表的 ERP 系统的生命周期阶段构成一个包含四个阶段的闭环，每个阶段的结果（输出）是下一个阶段的输入，上一个生命周期阶段的运行维护阶段所得到的结果（输出）是下一个生命周期阶段需求分析阶段的输入。这个不断循环、螺旋上升的生命周期反映了企业系统的持续改进过程，能够支持 ERP 系统的初始化重构和快速动态重构，从而帮助企业迅速响应市场需求的变化，实现柔性经营战略。

系统可重构性的基础是对系统原有构件资源的重用。基于 X 列表的 ERP 系统建模概念框架从各个方面支持系统构件的可重用性。首先，X 列表体系提供了从决策单元代理到决策单元代理列表，从实体、基本工作中心、广义工作中心到广义工作中心列表，从功能操作、作业、子过程、过程到企业过程列表，从资源消耗项目到资源消耗列表等由细重用粒度到粗重用粒度的可重用系统构件。其次，从系统模型的通用性层次来看，模型构件层、参考模型层和应用模型层提供了从一般到特殊的可重用系统模型。模型构件层提供了可实例化的、各类企业共性的、不同层次的可重用系统构件，可重用性最高。参考模型层提供了由模型构件层的基本模型构件根据特定行业、特定经营方式的一类企业的公共特征实例化形成的可重用系统参考模型，具有中等的可重用性。参考模型汇集了成功的 ERP 应用系统的经验，可以有效地保存和利用已有的 ERP 应用系统的经验和知识，大幅度地降低系统分析和设计建模工作的复杂性和工作量，避免低水平重复劳动，降低系统开发成本，缩短系统开发时间，保证系统开发质量。应用模型层则是根据特定企业所属的行业及其特性，对该行业参考模型的实例化，并建立起适应企业的特定管理模式、业务过程、应用需求和软硬件系统等特殊要求的 ERP 软件系统。应用模型的可重用性最低。在应用模型建立过程中，可以将所获取的知识和经验汇集到相应的参考模型中，从而在将来的 ERP 应用模型的建立过程中重用。

基于 X 列表的可重构 ERP 系统建模概念框架，可以为 ERP 系统建立的初始化重构和 ERP 系统持续改进的动态重构提供理论指导和方法支持。

3.6　基于 X 列表的可重构 ERP 的信息系统架构

如图 3-3 所示，基于 X 列表的可重构 ERP 的信息系统架构由基础支撑平台层、资源层、X 列表模型层、应用功能层、应用界面层组成。各层之间以及系统与伙伴企业的异构信息系统之间通过 TCP/IP、HTTP、Web Service、IIOP、EDI/XML、ACL/KQML 等标准进行通信以保证系统的开放性，并采用 Internet/Intranet 环境下的网络安全技术保证通信安全[79]。

基础支撑平台层构建于 Internet/Intranet 上，采用 OMG 的分布式对象技术 CORBA 以实现异构环境下的信息与应用集成[79]。通用服务器提供 Web 服务、电子邮件、文档管理等。为实现对企业已有 Legacy 数据资源（包括企业已经使用的传统 ERP 系统的数据资源）的重用，数据服务器提供 Legacy 数据的转换服务。应用服务器运行 CAX、DFX、PDM、集成化质量管理系统等企业中各个领域的 Legacy 应用，并通过应用封装将这些分散的应用集成到一起。应用封装还包括对企业已经运行的传统 ERP 系统的某些功能的封装。资源层将企业内部和企业合作伙伴的共享资源集成管理，以实现企业间资源的优化配置和调度。X

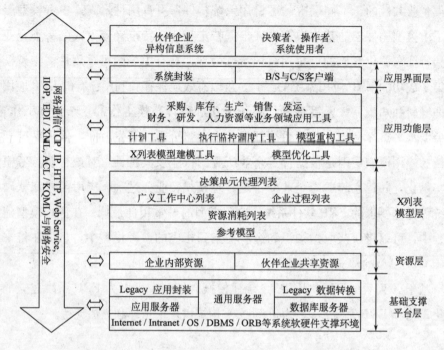

图 3-3　基于 X 列表的可重构 ERP 的信息系统架构图

列表模型层由广义工作中心列表、企业过程列表、资源消耗列表、决策单元代理列表组成，分别代表可重构 ERP 系统的结构模型、过程模型、结构化成本管理模型和分布式决策模型。X 列表模型层还包括由基本模型构件根据特定行业、特定经营方式的一类企业的公共特征实例化形成的可重用参考模型，用来汇集成功的可重构 ERP 实施经验，降低系统分析和设计建模工作的复杂性和工作量，降低系统开发成本，缩短系统开发时间，保证系统开发质量。应用功能层包括 X 列表模型建模工具、模型优化工具、计划工具、执行监控调度工具、模型重构工具以及采购、库存、销售、发运、财务、研发、人力资源等业务领域应用工具。应用界面层通过系统封装实现与伙伴企业的异构信息系统间集成的接口，并采用 B/S 浏览器客户端和 C/S 客户端为决策者、操作者和系统使用者提供可定制的用户界面。

　　基于 X 列表的可重构 ERP 的软件系统架构能够满足可重构 ERP 系统分布性、异构性、协作性、可扩展性、可重用性以及企业内、企业间集成和重构的要求。

3.7 本 章 小 结

本章首先从企业系统和信息系统的角度对可重构 ERP 进行了需求分析；其次在此基础上建立了支持 ERP 重构的 X 列表模型抽象层次结构，其由广义工作中心列表、企业过程列表、资源消耗列表和决策单元代理列表构成，分别代表企业结构模型、企业过程模型、成本管理模型和分布式决策模型；最后给出了基于 X 列表的可重构 ERP 的软件系统架构。下面的章节将对 X 列表的各个组成部分广义工作中心列表、企业过程列表、资源消耗列表和决策单元代理列表分别进行论述。

第 4 章 可重构 ERP 的企业结构模型

4.1 广义工作中心列表模型

广义工作中心列表是支持企业内和企业间重构的 ERP 系统企业结构模型，是 X 列表体系中企业过程列表、资源消耗列表和决策单元代理列表的基础。

广义工作中心列表模型可用如图 4-1 所示的 UML[80],[81] 类图表示。图 4-1 中，工作中心、基本工作中心和广义工作中心是广义工作中心列表模型的基本模型构件。工作中心是基本工作中心和广义工作中心共同的抽象基类，封装了二者共性的内部机制和外部接口。基本工作中心集成了一部分实体（即企业的资源和组织结构等），是广义工作中心列表不可分的最基本模型构件。广义工作中心则是基本工作中心的动态组织结构。虚拟工作中心是企业过程中不属于企业内部的执行单元，是集成了虚拟企业伙伴、供应商、客户或其他合作伙伴的

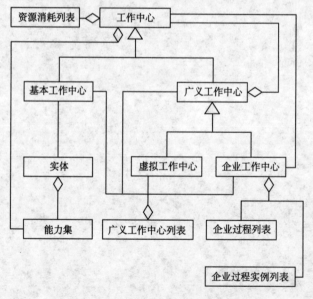

图 4-1 广义工作中心列表模型图

共享资源和功能的广义工作中心。一个企业具有唯一的顶层广义工作中心，称为企业工作中心。企业工作中心管理企业过程列表和企业过程实例列表。广义工作中心列表是企业模型中所有广义工作中心（包括基本工作中心和虚拟工作中心）的集合。

基本工作中心、广义工作中心、虚拟工作中心等广义工作中心列表模型构件的定义将在下文进行讨论。

4.2　基本工作中心的定义

定义：基本工作中心为企业模型最基本的原子结构单元，集成一部分企业资源和组织结构，可以执行在其能力属性集范围内一些作业的实例，并在执行作业实例的过程中产生资源消耗。

基本工作中心可以表示为一个多元组，即

$$BW = (STR, CP, STA, MISC)$$

其中，STR 为结构属性集，包括基本工作中心所集成的企业资源和组织结构的相关属性；CP 为能力属性集，包括基本工作中心所能执行的作业集合、相应作业的单位资源动因、时间、质量等执行效果属性等；STA 为状态属性集，记录了基本工作中心运行过程中的动态状态变化，包括正在执行的作业实例及其相关状态属性；MISC 为其他属性集。基本工作中心各属性集所包含的主要内容如表 4-1 所示。

表 4-1　基本工作中心的属性集

属性集	属性
结构属性集	所集成企业资源及其相关属性（资源类型、名称、编号、资源动因率等），所集成组织结构及其相关属性（组织结构名称、地理位置、编号等）
能力属性集	所能执行的作业集合及其相关属性（作业的名称、编号、单位资源动因、时间、质量属性等其他与作业执行效果有关的属性）
状态属性集	基本工作中心正在执行的作业实例及其相关状态属性〔作业名称、作业实例编号、资源动因，作业实例状态（进行、暂停、完成）等〕
其他属性集	基本工作中心的标识、名称、类型等其他属性

基本工作中心的基本资源动因计量了其对企业资源的消耗。企业的资源消耗按照基本资源动因分配到基本工作中心。基本工作中心的资源消耗按照作业所消耗的资源动因分配到作业，并进一步根据相应的作业动因分配到与基本工作中心相关的成本对象。

作为企业结构模型最基本的原子结构单元，基本工作中心具有如下性质：

设集合 Ent 表示整个企业的资源和组织结构的集合，Ent 可以用企业基本工作中心的集合表示为

$$Ent = \{bw_s \mid s = 1, 2, \cdots, S\}$$

其中，S 为企业所划分的基本工作中心的数目，bw_s 为企业的第 s 个基本工作中心，则

$$\forall bw_s \in Ent, \ bw_t \in Ent, \ s \neq t, \ 有 \ bw_s \bigcap bw_t = F, \ F \ 为空集。$$

4.3　广义工作中心的定义

在传统 ERP 中，工作中心是生产加工单元的统称。广义工作中心扩展了工作中心的定义，使其代表了各种企业构成单元，包括产品设计单元、工艺设计单元、生产加工单元、物料采购处理单元、产品销售及服务单元等。为更好地实现企业结构模型的可重构性，本书扩展了广义工作中心的定义，新的广义工作中心的结构可用如图 4-1 所示的 UML 类图表示。

定义：(i) $\forall bw_s$，$bw_s \in Ent$ 是一个基本工作中心，则 bw_s 也是一个广义工作中心；(ii) $\exists gw_1$，gw_2，$\cdots$，gw_i，$\cdots$，gw_n 均为广义工作中心，则 $\bigcup_i gw_i$ 也是一个广义工作中心。

广义工作中心也可以表示为一个与基本工作中心类似的多元组

$$GW = (STR, CP, STA, MISC)$$

其中，STR 为结构属性集，包括广义工作中心的子工作中心集合及其相关属性；CP 为能力属性集，包括广义工作中心所能执行的企业过程和子过程及相应的资源动因、时间、质量等执行效果属性等；STA 为状态属性集，记录了广义工作中心运行过程中的动态状态变化；MISC 为其他属性集。各属性集所包含的主要内容如表 4-2 所示。

表 4-2　广义工作中心的属性集

属性集	属性
结构属性集	子工作中心集合及其相关属性
能力属性集	所能执行的企业过程和子过程集合及其相关属性（过程名称、编号、单位资源动因、时间、质量属性等其他与过程执行效果有关的属性）
状态属性集	正在执行的过程实例及其相关状态属性〔过程名称、过程实例编号、资源动因，过程实例状态（进行、暂停、完成）等〕
其他属性集	广义工作中心的标识、名称、类型等其他属性

可以看出，广义工作中心由一个或多个子工作中心组成，这些子工作中心可以是基本工作中心也可以是广义工作中心。广义工作中心是一个具有递阶层次的树形结构。广义工作中心的能力集是其子工作中心能力集的并集。广义工作中心可以根据其能力集的范围来执行企业过程或子过程，企业过程中的作业或下一级子过程则被分配给满足能力要求的子工作中心执行。广义工作中心的资源消耗列表是其各个子工作中心资源消耗列表的并集。广义工作中心的资源消耗由其各个子工作中心的资源消耗按照递阶层次结构滚加而成。

定义：虚拟工作中心是一个广义工作中心，是企业过程中不属于企业内部的执行单元，是集成了虚拟企业伙伴、供应商、客户或其他合作伙伴的共享资源和功能的广义工作中心。

虚拟工作中心封装了企业合作伙伴的异构、分布信息系统，可以实现企业合作伙伴的共享资源和功能的集成。由于虚拟工作中心也是广义工作中心，企业内部和企业间的结构模型重构可以采取统一的处理方式。

广义工作中心是企业产品全生命周期、企业经营管理全过程各个阶段上的结构单元，包括产品设计单元、工艺设计单元、生产加工单元、物料采购处理单元、产品销售及服务单元等，整个企业可以视为由一系列的广义工作中心组成。在传统 ERP 中，工作中心定义为企业的生产加工单元。广义工作中心扩展了工作中心的定义，使得企业产品全生命周期、企业经营管理全过程各个阶段上的结构单元及其动态行为可以用统一的方式进行管理。

4.4　广义工作中心列表的定义

定义：BOGW$= \{ \text{gw}_i \mid i=1, 2, \cdots, n_{gw} \}$ 为企业的广义工作中心列表，gw_i 为企业的一个广义工作中心，n_{gw} 为企业中广义工作中心的个数。

广义工作中心列表是企业模型中所有广义工作中心（包括基本工作中心和虚拟工作中心）的集合。企业过程中的作业最终由基本工作中心来执行，而广义工作中心则是基本工作中心的动态组织结构。基本工作中心和广义工作中心是企业系统不同粒度的可重用结构模块，通过对基本工作中心和广义工作中心的重用可以实现不同层次、不同粒度的企业结构模型重构。广义工作中心列表的这种模块化的结构，具有动态的重构性和可扩展性，可以满足 ERP 系统重构的要求。

广义工作中心列表集成了企业产品全生命周期、企业经营管理全过程各个阶段上的结构单元，具有模块化、可扩展、可重构的结构，支持系统计控单元粒度的调整，以及对企业合作伙伴的异构、分布信息系统的封装，是支持企业内和企业间重构的 ERP 系统结构模型，是 X 列表体系中企业过程列表、资源消耗列表和决策单元代理列表重构的基础。

4.5　广义工作中心的重构运算

4.5.1　广义工作中心的加法运算

定义：$\exists \text{gw}_1$，gw_2 为广义工作中心，则 $\text{gw}=\text{gw}_1+\text{gw}_2$ 为一个新的广义工作中心，gw_1 和 gw_2 是 gw 子工作中心。

可以看出：①基本工作中心相加的结果为广义工作中心。②基本工作中心与广义工作中心相加的结果为广义工作中心。③广义工作中心相加的结果为广义工作中心。

4.5.2　广义工作中心的并运算

定义： ∃广义工作中心 cw 和广义工作中心 $gw = \sum\limits_{i=1}^{n} cw_i$，其中广义工作中心 $cw_i (i=1, 2, \cdots, n)$ 为 gw 的子工作中心，n 为 gw 子工作中心的个数，则

$$gw = gw \sum\limits_{i=1}^{n} cw_i = \sum\limits_{i=1}^{n} cw_i + cw。$$

广义工作中心的并运算表示将 cw 加入 gw 的子工作中心集合，并运算的第一个操作数原广义工作中心 gw 运算后成为包括了原有子工作中心和 cw 在内的新广义工作中心，子工作中心的个数变为 $n+1$。

4.5.3　广义工作中心的减法运算

定义： ∃广义工作中心 $gw = \sum\limits_{i=1}^{n} cw_i$，其中广义工作中心 $cw_i (i=1, 2, \cdots, n)$ 为 gw 的子工作中心，$cw_k (k \in [1, 2, \cdots, n])$ 为 gw 的一个子工作中心，n 为 gw 子工作中心的个数，则

$$gw = gw - cw_k = \begin{cases} \sum\limits_{i=2}^{n} cw_i & k = 1 \\ \sum\limits_{i=1}^{k-1} cw_i + \sum\limits_{i=k+1}^{n} cw_i & k \in [2, n-1] \\ \sum\limits_{i=1}^{n-1} cw_i & k = n \end{cases}$$

广义工作中心的并运算表示将 cw_k 从 gw 的子工作中心集合中去除，原广义工作中心 gw 运算后成为包括了除 cw_k 外的原有子工作中心的新广义工作中心，子工作中心的个数变为 $n-1$。

4.5.4　广义工作中心的分解运算

定义： ∃广义工作中心 $gw = \sum\limits_{i=1}^{n} cw_i$，$gw1 = \sum\limits_{j=1}^{s} cw1_j$，$gw2 = \sum\limits_{k=1}^{t} cw2_k$，并且 $gw1 \bigcap gw2 = \Phi$，$gw = \sum\limits_{j=1}^{s} cw1_j + \sum\limits_{k=1}^{t} cw2_k$，则 $gw \leftrightarrow gw1, gw2$，为广义工

作中心的分解运算，表示将广义工作中心 gw 分解为 gw1 和 gw2。

广义工作工作中心的分解运算将广义工作中心分解为两个广义工作中心，这两个工作中心的子工作中心的和集为原工作中心的子工作中心集合，这两个工作中心的子工作中心集合交集为空集。广义工作中心的分解运算可以用加法运算和减法运算表示为

$$gw1 - gw = \sum_{k=1}^{t} cw2_k$$

$$gw2 = \sum_{k=1}^{t} cw2_k$$

4.5.5　基本工作中心的分解升级运算

定义：∃基本工作中心 bw，则 bw＝bwβ〈cw$_i$ | i＝1，2，…，n〉为基本工作中心的分解升级运算，表示将基本工作中心 bw 分解为 n 个基本工作中心，并升级为以这些基本工作中心为子工作中心的广义工作中心，即运算后 bw $= \sum_{i=1}^{n} cw_i$。其中 $\forall i$，j＝1，2，…，n，$i \neq j$，cw$_i \bigcap$cw$_j$＝Φ，并且 $\bigcup_i$cw$_i$＝bw。

基本工作中心集成一部分企业资源和组织结构，是基于 X 列表的可重构 ERP 的计控单元。基本工作中心的分解升级运算，将一个基本工作中心分解为多个基本工作中心，并将其升级为由这些基本工作中心为子工作中心的广义工作中心，从而可以细化系统的计控单元粒度。

4.5.6　广义工作中心的合并降级运算

定义：∃广义工作中心 gw，则 gw＝↓gw 为广义工作中心的合并降级运算，表示将广义工作中心 gw 中的所有层次的子工作中心的结构消除，降级为基本工作中心。

广义工作中心的合并降级运算，将广义工作中心内部的子工作中心合并为一个基本工作中心，可以使系统在更粗的计控单元粒度级别运行。

4.5.7　广义工作中心的运算与重构

广义工作中心列表模型中的基本工作中心、广义工作中心等基本模型构件

描述了不同企业共性的结构特征，即任何企业都按照某种有序的组织结构和资源配置方式组织运营。因此，基于广义工作中心列表模块化的结构可以对特定企业的结构进行建模，描述其特定的结构特征，从而实现企业结构模型的初始化重构。

广义工作中心的运算描述了广义工作中心列表的重构方式。运用广义工作中心的运算，不仅可以通过对基本工作中心和广义工作中心的重用来实现不同层次、不同粒度的企业结构模型重构，而且运用基本工作中心的分解升级运算和广义工作中心的合并降级运算还可以实现基于 X 列表的可重构 ERP 的计控单元粒度的调整，实现企业结构模型的灵活动态重构。运用基本工作中心的分解升级运算可以将基本工作中心分解为多个基本工作中心使其升级为广义工作中心，从而细化系统的计控单元粒度。运用广义工作中心的合并降级运算可以将广义工作中心内部的子工作中心合并为一个基本工作中心，可以使系统在更粗的计控单元粒度级别运行。

因此通过广义工作中心的重构运算，广义工作中心列表不仅可以支持企业结构模型的初始化重构，而且可以实现企业模型的动态重构，以及系统计控单元粒度的调整，是可重构的 ERP 企业结构模型。

4.6　本章小结

本章对 X 列表模型中的可重构 ERP 的企业结构模型——广义工作中心列表进行了论述。本章首先给出了广义工作中心列表模型；其次对基本工作中心、广义工作中心、虚拟工作中心等广义工作中心列表模型构件的定义进行了讨论；最后给出了广义工作中心的重构运算。

第5章 可重构ERP的企业过程模型

5.1 企业过程列表模型

传统ERP基于职能分工划分软件模块，通过BOM表中的静态产品结构驱动固化于软件系统中的刚性"最佳实践"业务过程。这种以职能分工为主导，固化业务过程的ERP系统难以因企业目标和企业任务的改变而进行适应性的企业过程重构。企业是由一系列企业过程组成的动态系统，这些企业过程的运行是为了实现企业的目标和任务。在企业的运营中，如果企业目标和任务由于企业内、外部环境的变化而发生了变化，则必须对企业过程进行重构，并对企业的组织结构和资源配置进行相应的调整。全球化的竞争更要求企业间能够进行跨越组织的过程集成和过程重构，共享优势资源，以抓住快速变化的市场机遇。为了更好地描述企业的动态过程特征，实现ERP系统中的企业内部和企业间的过程集成和过程重构，本书进一步发展了X列表模型中的企业过程列表，新的企业过程列表的结构可用如图5-1所示的UML类图表示。

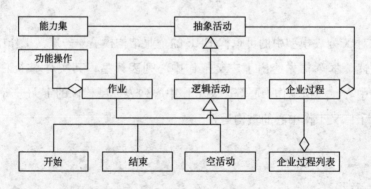

图 5-1　企业过程列表模型图

企业过程是企业为满足顾客需求、完成其目标和任务而组织协调企业的广义工作中心所执行的消耗资源并创造价值的一系列子过程的集合及其逻辑顺序结构。如图 5-1 所示，企业过程由多个子过程组成，这些子过程可以是作业、逻辑活动，也可以是其他企业过程，企业过程也是个具有递阶层次的树形结构。作业是构成企业过程的原子单元，是对企业中某些实体的功能操作的具有逻辑结构的集合。逻辑活动表示了企业过程中的作业和子过程间的逻辑关系，并不执行具体的功能操作。本书定义的逻辑活动有开始、结束、空活动等。抽象活动是作业、逻辑活动和企业过程的共同抽象基类，封装了三者共性的内部机制和外部接口，包括抽象活动与能力集间的映射关系等。能力集是执行作业或企业过程的广义工作中心所应满足的包括一定的时间、质量、成本、功能、职责、地域、环境等的约束参数的集合，具体的约束参数值由具体活动实例确定。企业过程列表是企业中所有作业、逻辑活动和企业过程的集合。

　　企业过程列表是企业过程的对象模型，企业过程实例列表则是企业过程的执行模型。如图 5-2 所示，企业过程实例列表是系统中运行过和正在运行的作业实例、逻辑活动实例和企业过程实例的集合。企业过程实例列表记录了系统中企业过程执行的历史，并显示了系统当前正在执行的企业过程的状态。抽象活动实例是某一工作中心执行某一抽象活动的事件。抽象活动实例是作业实例、逻辑活动实例和企业过程实例共同的抽象基类，封装了三者共性的内部机制和外部接口，包括具体实例输入、输出的处理，启动实例的父企业过程，所要求的能力约束参数值与相应工作中心能力约束参数值的匹配机制，依据状态对实例执行过程的管理控制功能等。逻辑活动实例是系统执行某一逻辑活动的事件。作业实例是某一基本工作中心执行某一作业的事件，执行作业实例的基本工作中心必须满足作业实例所要求的能力约束参数。企业过程实例是某一广义工作中心执行某一企业过程的事件，执行企业过程实例的广义工作中心必须满足企业过程实例所要求的能力约束参数。企业过程实例由该企业过程实例所启动的子过程组成，这些子过程实例可以是作业实例、逻辑活动实例，也可以是其他企业过程实例。作业实例具有 ACID 事务特性[82]，即原子性（atomicity）、一致性（consistency）、隔离性（isolation）和持续性（durability）。可重构 ERP 系统中企业过程实例是分布式并发执行的，为保证系统的一致性，企业过程实例中嵌入事务以进行并发控制。

　　企业过程列表集成了企业产品全生命周期、企业经营管理全过程各个阶段

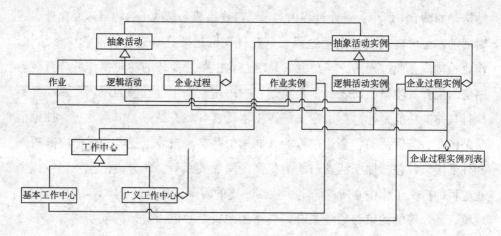

图 5-2　企业过程实例列表模型图

上的过程单元，具有模块化、可扩展的结构，可以支持不同粒度、不同层次企业过程重用和重构，通过虚拟工作中心对企业过程实例的执行封装了企业间分布式异构企业过程的集成和重构机制，是支持企业内和企业间过程重构的 ERP 系统过程模型。

5.2　企业过程列表模型基本模型构件的定义

如图 5-1 所示，企业过程列表的基本模型元素为抽象活动、作业和企业过程。参考 IDEF0 方法[83]中活动的定义，下面分别给出了这些基本过程模型元素的定义。

定义：抽象活动为一个四元组 AA＝（IN，OUT，MECH，CON）。其中，IN 为输入集，表示抽象活动需要"消耗掉"、"用掉"或"转换成"输出的东西；OUT 为输出集，表示抽象活动的结果；MECH 为机制集，表示抽象活动赖以进行的基础或支撑条件，即具有一定特征的可以执行抽象活动的工作中心；CON 为约束集，表示抽象活动执行的约束集合。

抽象活动实际上是在约束集的约束下，具有一定特征的工作中心将一定的输入集合转换为一定的输出集合。

抽象活动的执行机制为工作中心，可以由满足一定特征要求和约束条件的工作中心执行。如图 5-1 所示，抽象活动为作业和企业过程的抽象虚基类，而如图 4-1 所示，工作中心为基本工作中心和广义工作中心的抽象虚基类。

抽象活动的约束可以分为逻辑约束、能力约束和目标约束。逻辑约束为抽象活动之间的先后顺序等逻辑关系约束。能力约束是与工作中心的能力属性集相对应的资源能力、单位资源动因消耗量、时间、质量属性等其他与活动执行效果有关的约束。目标约束为企业系统最终的系统要求和管理目标，如生产经营所用时间最短、总成本最低、所用资源最有效等。

定义：四元组 AC＝（IN，OUT，MECH，CON）是一个不可分的原子抽象活动，其中机制 MECH 为具有一定特征的可以执行作业的基本工作中心。

上述定义表明，作业是一种抽象活动，企业过程列表的原子过程单元，可以由满足一定特征要求和约束条件的基本工作中心执行，基本工作中心在执行作业实例的过程中产生资源消耗。

定义：企业过程为一个五元组 EP＝（IN，OUT，MECH，CON，f）是一个抽象活动，其中机制 MECH 为具有一定特征的可以执行企业过程的广义工作中心；f 为表示企业过程执行逻辑的以抽象活动为基本元素的过程代数式，f 中这些抽象活动称为企业过程的子过程。

上述定义表明，企业过程是一种抽象活动，可以由满足一定特征要求和约束条件的广义工作中心执行。企业过程的执行逻辑可以由一个过程代数式描述，这个过程代数式的基本元素是抽象活动（既可以是作业也可以是企业过程）组成过程代数式的抽象活动是企业过程的子过程。

定义：BOEP＝$\{ep_i \mid i＝1, 2, \cdots, n_{ep}\}$ 为企业过程列表，其中 ep_i 为一个抽象活动（可能是作业也可能是企业过程），n_{ep} 为企业中企业过程和作业的个数。

企业过程列表是企业中所有企业过程和作业的集合。

5.3　过程代数表达式

自从 1990 年 Hammer 和 Davenport 分别提出经营过程重组（business process re-engineering，BPR）[84] 和经营过程重设计（business process redesign，

BPR)[85]以来，面向过程的管理模式以及过程建模、过程分析和过程重构等方法成为理论和实践研究的热点。过程建模是实现过程分析和过程重构的基础。过程建模方法可以分类为图形建模方法、形式化建模方法和描述性建模方法。图形建模方法以图形的形式对过程进行描述，一般比较直观、可读性好，但往往缺少形式化的过程分析方法。常见的图形过程建模方法有基于流程图的方法[86]、GANTT 图、IDEF3 方法[83]·[87]、基于 UML 活动图的方法[88]~[90]等。形式化建模方法用形式化的数学模型对过程进行描述，不如图形建模方法直观易读，但通常可以提供严格的形式化过程分析方法。一些形式化建模方法为提高可读性也同时提供图形表达，如基于 Petri Net 的方法[91]~[94]、关键路径法（critical path method, CPM）方法[95]、计划评审技术（program evaluation and review techniques，PERT）方法[95]等。描述性建模方法采用规范化的描述语言对过程进行描述，可以用于复杂过程的描述，适用于计算机处理和不同过程建模系统之间的数据交换，但通常可读性差，也缺少形式化的过程分析方法。描述性的建模方法有工作流管理联盟（Workflow Management Coalition，WfMC）的工作流过程定义语言（workflow process definition language，WPDL）[96]和 XPDL（XML process definition language)[97]以及 OASIS（Organization for the Advancement of Structured Information Standards）的 WSBPEL（web services business process execution language)[98]等。为满足企业过程列表的可重构要求，本书参考文献［99］和［100］提出了一种过程代数表达式模型，它是一种同时具有图形和形式化表达手段的过程模型化方法，表达直观，可读性强。

本书中过程模型的图形表达中用节点表示抽象活动（包括作业、企业过程等），节点间的有向弧表示所联结抽象活动的逻辑顺序关系。图形所表达的过程逻辑可以用表示逻辑关系的特殊运算符将一系列抽象活动按一定规则联结起来，形成一个过程代数表达式。下文将首先给出几种逻辑活动的定义，然后给出过程代数逻辑关系运算符的定义。

定义：V 表示空活动，空活动不执行任何操作，只用于过程的图形和代数式表达。

定义：＞表示开始活动，不执行任何操作，一个完整的过程代数式只有一个开始活动。

定义：<表示结束活动，不执行任何操作，一个完整的过程代数式只有一个结束活动。

空活动、开始和结束的图形表达如图 5-3 所示。

(a) 空活动　　　　　　　(b) 开始　　　　　　　(c) 结束

图 5-3　几种逻辑活动

定义：⊕为过程代数串联关系运算符，所联结的抽象活动具有顺序执行关系。

串联关系如图 5-4（a）所示，图中过程的过程代数表达式为 $a_1 \oplus a_2$，表示抽象活动 a_1 执行完后必然执行抽象活动 a_2。

定义：⊗为过程代数并联关系运算符，所联结的抽象活动以一定的概率只能也必须执行一个。

并联关系如图 5-4（b）所示，图中过程的过程代数表达式为 $p_1a_1 \otimes p_2a_2$，表示前一个活动执行完后抽象活动 a_1 和 a_2 只能也必须执行一个，执行抽象活动 a_1 的概率为 p_1，执行抽象活动 a_2 的概率为 p_2，并且 $p_1 + p_2 = 1$。

定义：∥为过程代数并行关系运算符，所联结的抽象活动具有同时执行的关系。

并行关系如图 5-4（c）所示，图中过程的过程代数表达式为 $a_1 \parallel a_2$，表示前一个抽象活动执行完后抽象活动 a_1 和 a_2 同时执行，两抽象活动执行完后才能够执行后续的抽象活动。

定义：LOOP（　）为过程代数循环关系运算符，（　）中的表达式按照一定的概率循环执行。

循环关系如图 5-4（d）所示，图中过程的过程代数表达式为 $a_1 \oplus p_1V \otimes p_2 \text{LOOP}(a_2 \oplus a_1)$，表示抽象活动 a_1 执行完后以概率 p_1 继续执行后续抽象活动，以概率 p_2 循环执行 $a_2 \oplus a_1$。

过程代数关系运算符的优先级由高到低为（　）→∥→⊗→⊕，同级的按照从左到右的顺序运算。

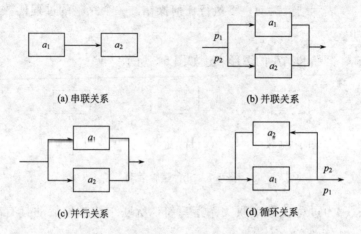

图 5-4　过程代数关系运算符的图形表示

5.4　过程代数运算的几个性质

1. 过程代数运算的交换率

并联关系运算的交换率：$p_1a_1 \otimes p_2a_2 = p_2a_2 \otimes p_1a_1$

并行关系运算的交换率：$a_1 \parallel a_2 = a_2 \parallel a_1$

其中，a_1 和 a_2 为抽象活动，p_1 和 p_2 为并联关系运算中 a_1 和 a_2 执行的概率，$p_1 + p_2 = 1$。过程代数运算的交换率表明具有并联关系和并行关系的抽象活动之间没有顺序关系。

2. 过程代数运算的结合率

串联关系运算的结合率：$(a_1 \oplus a_2) \oplus a_3 = a_1 \oplus (a_2 \oplus a_3)$

并行关系运算的结合率：$(a_1 \parallel a_2) \parallel a_3 = a_1 \parallel (a_2 \parallel a_3)$

并联关系运算的结合率：$p_1a_1 \otimes p_2a_2 \otimes p_3a_3 = p_1a_1 \otimes p_2'' (p_2'a_2 \otimes p_3'a_3)$

其中，a_1、a_2、a_3 为抽象活动，p_1、p_2、p_3 为并联关系运算中 a_1、a_2、a_3 执行的概率，$p_1 + p_2 + p_3 = 1$，$p_2'' = p_2 + p_3$，$p_2' = p_2/p_2''$，$p_3' = p_3/p_2''$。过程代数运算的结合率表明了过程代数式加括号后的等价关系。并联关系运算的结合率如图 5-5 所示。

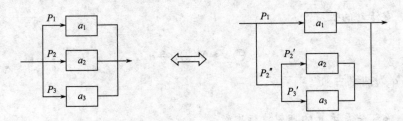

图 5-5　并联关系运算的结合率

3. 过程代数运算的分配率

分配率 1：$a_1 \oplus p_2 a_2 \otimes p_3 a_3 = p_2 (a_1 \oplus a_2) \otimes p_3 (a_1 \oplus a_3)$

分配率 2：$p_2 a_2 \otimes p_3 a_3 \oplus a_4 = p_2 (a_2 \oplus a_4) \otimes p_3 (a_3 \oplus a_4)$

其中，a_1、a_2、a_3、a_4 为抽象活动，p_2、p_3 为并联关系运算中 a_2、a_3 执行的概率，$p_2 + p_3 = 1$。过程代数运算的分配率 1 为并联关系运算分支点的前移，其反运算为并联关系运算分支点的后移。过程代数运算的分配率 2 为并联关系运算汇合点的后移，其反运算为并联关系运算汇合点的前移。过程代数运算的分配率如图 5-6 所示。

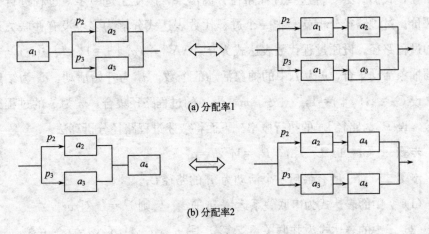

(a) 分配率1

(b) 分配率2

图 5-6　过程代数运算的分配率

4. 空活动的性质

$$a \oplus V = V \oplus a = a$$

其中，a 为抽象活动。

5. 循环关系运算的期望执行次数

设有循环关系运算 $(1-p) V \oplus p\mathrm{LOOP}(a)$，即抽象活动 a（可能是作业也可能是企业过程）以概率 $p < 1$ 循环执行，则其期望执行次数为

$$n^e = \lim_{n \to \infty}\left[(1-p) \cdot 0 + \sum_{i=1}^{n}(p^i - p^{i+1})i\right] = \lim_{n \to \infty}\frac{1-p^n}{1-p} = \frac{1}{1-p}$$

因此可以把循环关系运算 $(1-p) V \oplus p\mathrm{LOOP}(a)$ 转化为抽象活动 a'，执行 a' 相当于执行 n^e 次 a，a' 称为 a 的期望活动。

5.5　过程路径分析

在一个过程代数表达式中，由于并联关系的存在，必然有着多个过程执行的路径，我们有必要将这些过程路径分离出来，以便于进一步对过程进行分析和评价。过程路径分析就是把一个过程代数表达式分解为多个没有并联关系运算的过程路径。设原过程代数表达为 f，$\mathrm{AA}_f = \{a_i \mid i = 1, 2, \cdots, n\}$ 为 f 中的抽象活动集合，n 为 f 中的抽象活动的个数，a_1 为开始活动，a_n 为结束活动。设 $O_f = \{L_j \mid j = 1, 2, \cdots, m\}$ 为 f 的过程路径集合，m 为 f 的过程路径个数，设 P_j 为路径 L_j 的执行概率。下面将叙述过程路径分析算法。

步骤一： $m = 1$，$L_1 = a_1$，$P_1 = 1$，$a_i = a_1$。

步骤二： 对于所有最后一个活动为 a_i 的路径 L_j。

（1）f 中的表达式为串联关系运算 $a_i \oplus a_{i+1}$，则 $L_j = L_j \oplus a_{i+1}$。

（2）f 中的表达式为并联关系运算 $a_i \oplus p_{i+1}a_{i+1} \otimes p_{i+2}a_{i+2} \otimes \cdots \otimes p_{i+t}a_{i+t}$，设有 t 个抽象活动并联，则 O_f 中增加 $t-1$ 个路径，将 L_j 复制到这 $t-1$ 个路径，令 $L_{m+k} = L_j$，$P_{m+k} = P_j$，其中 $k = 1, 2, \cdots, t-1$，则 $L_j = L_j \oplus a_{i+1}$，$P_j = P_j p_{i+1}$，$L_{m+k} = L_{m+k} + a_{i+1+k}$，$P_{m+k} = P_{m+k}p_{i+1+k}$，其中 $k = 1, 2, \cdots, t-1$；

$m=m+t-1$。

(3) f 中的表达式为并行关系运算 $a_i \oplus a_{i+1} \| a_{i+2} \| \cdots \| a_{i+t}$，设有 t 个抽象活动并行，则 $L_j=L_j \oplus a_{i+1} \| a_{i+2} \| \cdots \| a_{i+t}$。

(4) f 中的表达式为循环关系运算 $a_i \oplus (1-p) V \oplus p\mathrm{LOOP}\ (a)$，其中 a 为循环中的过程代数表达式，将 a 转换为期望活动 a'，$L_j=L_j \oplus a'$。

步骤三：若 $a_i=a_n$ 表示已达到过程代数式 f 的末尾，则路径分析结束；否则，将 a_i 设为 f 中的下一个活动，$a_i=a_{i+1}$，转到步骤二，继续进行路径分析。

5.6　过程评价指标的计算

定义：$\mathrm{WA}(a)=\{\mathrm{wa}_i \mid i=1, 2, \cdots, n_{\mathrm{wa}}\}$ 为能力集 CP 与抽象活动 a 机制 MECH 和约束 CON 相匹配的能够执行抽象活动 a 的可行工作中心集合，n_{wa} 为 $\mathrm{WA}(a)$ 中工作中心的个数，$a \in \mathrm{BOEP}$，$\mathrm{wa}_i \in \mathrm{BOGW}$。

如果 a 为作业，则 $\mathrm{wa}_i \in \mathrm{BOGW}$ 为基本工作中心。如果 a 为企业过程，则 $\mathrm{wa}_i \in \mathrm{BOGW}$ 为广义工作中心。对于逻辑活动 $\mathrm{WA}(V)=\mathrm{WA}(>)=\mathrm{WA}(<)=\mathrm{NULL}$，表示空活动，开始活动和结束活动并不执行实际的操作，由系统自动执行。$\mathrm{WA}(a)$ 中不同的工作中心 wa_i 执行 a，需要相同的输入要素 IN，产生相同的输出要素 OUT，但会有不同的资源消耗、执行时间和执行质量，其原因是 wa_i 集成了不同的企业资源。如果 $\mathrm{WA}(a)$ 为空集，则表明广义工作中心列表中没有能够执行作业或企业过程 a 的工作中心，即现有企业内部资源和虚拟工作中心所集成的已知企业合作伙伴的共享资源不能够满足执行作业或企业过程 a 的要求，需要获取新的资源或者降低任务 a 的约束条件。

定义：$\mathrm{WF}(f) = \{\mathrm{wf}_j \mid j=1, 2, \cdots, n_a\}$ 为过程代数表达式 f 的一个可行工作中心集合，$\mathrm{AA}_f = \{a_j \mid j=1, 2, \cdots, n_a\}$ 为 f 中的抽象活动集合，n_a 为 f 中的抽象活动的个数，a_1 为开始活动，a_{n_a} 为结束活动，$\mathrm{WA}(a_j) \neq \Phi$，$\mathrm{wf}_j \in \mathrm{WA}(a_j)$，$j=1, 2, \cdots, n_a$。

给定一个过程代数表达式 f 的一个可行工作中心集合 $\mathrm{WF}(f)$ 则可以计算出由 $\mathrm{WF}(f)$ 执行 f 的一些评价指标。评价指标可以根据 f 所表达的过程类型（研发过程、生产过程、服务过程、支持过程等）、过程特性以及是否有代表企业合作伙伴的虚拟工作中心参与等来选取，比如成本、时间、部件的某些技术性能、信用度、质量、服务、研发能力、技术的先进性、管理制度与企业文化的兼容性、产品的兼容性、信息技术标准化程度一致性、风险程度等因素。具体评价指标的计算方法需要根据具体指标和过程的特性来确定。本书给出过程执行时间和过程资源消耗指标的计算方法。

记 $T(a, w)$ 为广义工作中心 w 执行抽象活动 a 所需的时间，$RC(a, w)$ 为广义工作中心 w 执行抽象活动 a 所产生的资源消耗。若 a 为作业，对应 w 为基本工作中心，则 $T(a, w)$ 和 $RC(a, w)$ 可以在基本工作中心 w 的能力属性集中得到。若 a 为企业过程，对应 w 为广义工作中心，则 $T(a, w)$ 和 $RC(a, w)$ 则需要通过对广义工作中心 w 的过程表达式进行求解得到。

记 T_f 为过程代数表达式 f 由可行工作中心集合 $WF(f)$ 执行的期望执行时间，RC_f 为 $WF(f)$ 执行 f 所产生的期望资源消耗，$O_f = \{L_j \mid j = 1, 2, \cdots, m\}$ 为 f 的过程路径集合，m 为 f 的过程路径个数，设 P_j 为路径 L_j 的执行概率，T_j 和 RC_j 分别为 $WF(f)$ 执行 L_j 的期望执行时间和期望资源消耗，则

$$T_f = \sum_{j=1}^{m} P_j T_j$$

$$RC_f = \sum_{j=1}^{m} P_j RC_j$$

因此要求得过程代数表达式 f 由可行工作中心集合 $WF(f)$ 执行的期望执行时间 T_f 和期望资源消耗 RC_f，须首先求得其路径集合 O_f 中每个过程路径 L_j 的期望执行时间 T_j 和期望资源消耗 RC_j，求解算法如下所述。

步骤一： 设 $AA_j = \{a_i \mid i = 1, 2, \cdots, n\}$ 为 L_j 中的抽象活动集合，n 为 L_j 中的抽象活动的个数，a_1 为开始活动，a_n 为结束活动。令 $T_j = 0$，$RC_j = 0$，$i = 1$。

步骤二：

(1) 如果 L_j 的表达式为串联关系运算 $a_i \oplus a_{i+1}$，则 $T_j = T_j + T(a_{i+1}, w_{i+1})$，$RC_j = RC_j + RC(a_{i+1}, w_{i+1})$，其中，$w_{i+1} \in WF(f)$ 为 $WF(f)$ 中执行 a_{i+1} 的广义工作中心；令 $i = i + 1$。

(2) 如果 L_j 的表达式为并行关系运算 $a_i \oplus a_{i+1} \parallel a_{i+2} \parallel \cdots \parallel a_{i+t}$，设有 t 个

抽象活动并行，则 $T_j = T_j + \max\{T(a_{i+1}, w_{i+1}), T(a_{i+2}, w_{i+2}), \cdots,$ $T(a_{i+t}, w_{i+t})\}$，$RC_j = RC_j + \sum\limits_{k=1}^{t} RC(a_{i+k}, w_{i+k})$，其中，$w_{i+k} \in WF(f)$ 为 $WF(f)$ 中执行 a_{i+k} 的广义工作中心，$k = 1, 2, \cdots, t$；令 $i = i + t$。

（3）对于在进行路径分析时已经转换为期望活动 a' 的循环活动 a，其期望执行时间和期望资源消耗为 $T(a', w) = n^e T(a, w)$，$RC(a', w) = n^e RC(a, w)$，n^e 为循环活动 a 的期望执行次数。

步骤三：检验是否到达表达式末尾，如果 $i = n$ 则结束，否则转步骤二。

5.7　企业过程重构

企业过程重构以满足客户需求、提高企业竞争力为目标，以优化过程结构和改进过程评价指标为直接目的，在现代制造技术、信息技术和管理技术的综合支持下，采用 ESCRI（删除 eliminate，简化 simplify，合并 combine，重排 rearrange，新增 increase）方法对企业过程进行再设计并将其付诸实施[101]。

企业过程重构可以分为即时性重构和持久性重构。即时性重构是指由于例外情况（资源失效、订单变化等）的发生对正在运行的企业过程实例的即时性动态改变。而持久性重构则是对企业过程模型的持久性改变，通常是源于新产品、新业务的开发需要建立新的企业过程或者采用新的技术对原有企业过程进行改进。

企业过程列表具有模块化的结构，作业和企业过程是企业系统不同粒度的可重用过程模块，通过对作业和企业过程的重用可以实现不同层次、不同粒度的企业过程模型重构。企业过程实例列表则是企业过程的执行模型，通过对企业过程实例的过程结构和运行参数的修改可以实现企业过程的即时性重构。

企业过程重构是复杂的过程，宜采取人机交互式的方法。本书提出的过程代数表达式模型同时具有图形和形式化表达手段，适用于人机交互式的企业过程重构。具体重构过程如下。

步骤一：首先设定企业过程重构的目标，即需要改进的过程评价指标。如 5.6 节所述，用户可以根据企业过程的特性选取多个过程评价指标，因此企业过

程重构是一个多目标优化问题。为求解方便可以考虑决策者对于不同评价指标的偏重，将其转换为综合评价指标目标函数

$$\min Y = \sum_{s=1}^{N_o} w_s O_s$$

其中，$O_s \in [0，1]$ 为评价指标 s 效用函数[56]转化值，通过效用函数将评价指标转换为 $[0，1]$ 之间的评分，并将最大化指标转化为最小化指标；$w_s \in [0，1]$ 为评价指标 s 的相对重要性权重并且 $\sum_s w_s = 1$，可根据具体企业过程的特性采用专家评分法、AHP 法[56]等来确定。

步骤二：用图形化的方式对新的企业过程进行描述或对原有企业过程进行修改。

步骤三：计算机自动将企业过程的图形模型转换为过程代数表达式，并进行过程路径分析和过程评价指标的计算。过程路径分析和过程评价指标的计算见 5.5 节和 5.6 节。

步骤四：决策者对综合评价指标进行判断，如果不满意转步骤二；否则企业过程重构结束。

5.8　本章小结

本章对 X 列表模型中的可重构 ERP 的企业过程模型——企业过程列表进行了论述。本章首先给出了企业过程列表模型，其次对抽象活动、作业、企业过程等模型构件的定义进行了讨论，讨论了基于过程代数的过程模型化方法，并对企业过程的评价和重构方法进行了论述。

第6章 可重构 ERP 的成本管理模型

6.1 引　　言

ERP 系统重构的核心问题是企业业务模型的重构，因此可重构 ERP 系统采用面向业务过程的管理模式，运用过程建模技术，通过过程重构来驱动企业资源配置、组织结构以及其他业务模型构件的重构。传统 ERP 中基于静态产品结构 BOM 的成本管理方法已经无法适用于过程驱动、动态变化的可重构 ERP 系统的成本管理。目前对可重构 ERP 系统的研究主要集中于可重构 ERP 系统体系结构以及可重构信息系统实现技术等方面，对于适用于可重构 ERP 系统的成本管理方法的研究非常少见。然而 ERP 重构的主要目的之一是通过降低成本来提高企业的竞争力，因此面向可重构 ERP 系统的成本管理方法的研究是非常有意义的。本章在对传统 ERP 中的成本方法与传统作业成本法中存在的问题进行讨论后，提出了基于广义工作中心的作业成本法，进一步发展了 X 列表模型的资源消耗列表模型，对适用于可重构 ERP 系统的成本管理方法和模型进行了有益的探讨。

6.2　传统 ERP 中的成本计算方法

ERP 实现了企业物流、资金流和信息流的集成化管理，能够为企业的成本管理提供集成化的、及时的、丰富的信息支持。ERP 是由 MRP II 发展而来的，其成本计算方法沿用了 MRP II 的成本滚加（cost roll-up）[17]方法，按照 BOM 所规定的物料之间的层次、需求关系和制造过程，从产品结构最底层的组件开始，逐层向上累计，从而计算出产品的成本。这种成本计算方法可以很好地解决直接材料费和直接人工费的计算，但对于制造费用以及其他间接费用的分配却并没有提供有效的手段。

　　传统 ERP 所采用的制造成本法，一般只用单位水准作业动因（工时、机时、产量等）来分配产品的制造费用，实际上是假定产品所消耗的制造费用与其产量相关，在很大程度上扭曲了成本信息。这在 ERP/MRP II 产生的初期是可以接受的，因为那时的生产过程是劳动密集型的，直接材料费和直接人工费在产品的成本结构中的比例较高，制造费用在产品的成本结构中的比例较低。然而随着技术的发展，现在企业的生产过程逐步转变为技术密集型和资本密集型，在高自动化程度的先进制造环境下，制造费用在产品结构中占的比例越来越高，而制造费用与单位水准作业动因之间往往并不存在直接相关性。统计数据表明，70 年前的间接费用仅为直接人工成本的 50%～60%，而今天大多数公司的间接费用为直接人工成本的 400%～500%；以往直接人工成本占产品成本的 40%～50%，而今天不到 10%，甚至仅占产品成本的 3%～5%[102]。产品成本结构如此重大的变化，使得传统 ERP 所采用的制造成本法中以单位水准作业动因为基础的成本计算方法不能正确反映产品的资源消耗，造成不同产品之间的成本转移，使得某些小批量、工艺复杂的产品成本被低估，而某些大批量、工艺简单的产品成本被高估[103]。这种扭曲失真的成本信息会给企业决策和控制带来非常不利影响。

　　传统 ERP 中基于静态产品结构 BOM 的成本管理方法已经无法适用于过程驱动、动态变化的可重构 ERP 系统的成本管理。可重构 ERP 系统要求面向过程的成本管理方法，成本管理的对象是形成成本的过程而不仅仅是过程的产出。企业业务过程的成本在很大程度上是由过程的结构决定的[101]。可重构 ERP 系统的成本管理方法应该能够通过为过程重构驱动的 ERP 重构提供支持，以实现最大限度降低过程结构成本。

6.3　作业成本法

　　作业成本法（activity-based costing，ABC）起源于 20 世纪 30 年代 Kohler 教授的作业会计思想和 20 世纪 70 年代 Staubus 教授的作业成本计算雏形[104],[105]。20 世纪 80 年代以来，产品的生命周期不断缩短、生产的自动化程度越来越高，导致产品成本结构发生重大变化，使得间接成本的比例越来越大。

理论界与企业界普遍感受到传统成本方法提供的产品成本信息与现实脱节，成本信息被严重扭曲。Cooper 教授与 Kaplan 教授在对美国一些公司调查研究之后，系统、明确地提出了作业成本法[104]~[108]，对作业成本计算过程、成本动因、成本库的建立等重要问题进行了深入分析，奠定了作业成本法的基础。此后作业成本法引起企业界和学术界的广泛关注，成为研究和应用的热点，作业成本理论日趋完善。

作业成本法首先将企业资源消耗的成本根据各作业所产生的资源动因追溯到作业，其次根据作业的水准分类，按照单位水准（unit-level）、批量水准（batch-level）、产品维持水准（product sustaining level）和设施维持水准（facility sustaining level）的作业动因将作业成本分配到各产品[107],[109]。由于采用了更加合理的多水准成本动因来分配产品间接成本，应用作业成本法可以大大改进产品间接成本分配的准确性和合理性。如图 6-1 所示[109]，与传统成本方法相比，作业成本法不仅关注"作业消耗资源，产品消耗作业"的成本追溯，即"成本观"；还强调作业管理和贯穿于企业职能部门的过程控制，即"过程观"。作业成本计算的最基本对象是作业，其本质就是以作业作为确定分配间接费用的基础，引导管理人员关注成本发生的原因（即成本动因），而不是仅仅注重成本计算结果本身。通过对作业成本的计算和有效控制，可以较好地解决传统制造成本法中间接费用难以追溯、责任不清的问题，使得以往一些不可控的费用在作

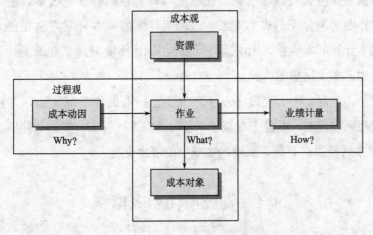

图 6-1　作业成本管理基本模型

业成本系统中变为可控。因此，随着作业成本理论的发展，作业成本法已不仅仅局限为一种成本计算方法，而进一步延伸为作业成本管理（activity-based cost management，ABCM）和作业管理（activity-based management，ABM）[105]，[109]~[113]，成为企业成本管理和战略决策的有力手段。

作业成本计算的最基本对象是作业，通过对作业链的成本分析可以引导管理人员关注成本发生的过程。因此作业成本法适用于可重构 ERP 所要求的面向过程的成本管理。

但是，传统 ERP 缺乏对企业各构成单元的作业活动进行描述的机制，难于结合作业成本法对企业内部和企业间的过程集成和重构提供成本决策支持。传统的作业成本法也存在着一些不足之处。首先，传统的作业成本法难以处理具有相同输入和输出要素但使用不同企业资源的作业情况。这种情况在可重构 ERP 系统的企业内和企业间的集成和重构过程中尤为普遍。这些作业具有相同的输入和输出要素，但由于使用不同企业资源而具有不同的成本、时间效率和质量。如果将这些作业视为不同的作业项目，将会增加作业成本管理和作业成本控制的复杂性；如果忽略这些作业，由于使用不同的企业资源所带来的成本差异，将会大大增加作业成本计算的误差，无法提供准确的成本信息。其次，一些共享资源消耗的成本（比如厂房占用、通风照明费用等）与成本对象之间没有明显的因果联系，传统的作业成本法难以将其准确地追溯到成本对象。一般采用的做法是将这些共享资源消耗的成本视为特殊的作业成本，然后按照全厂一致的作业动因分配到成本对象。这种粗粒度的成本分配方法在很大程度上影响了成本计算的准确性，无法适应可重构 ERP 环境下共享资源消耗在产品的成本结构中占很大比重的情况。

针对上述问题，本书提出了基于广义工作中心的作业成本法，并将其应用于资源消耗列表模型，其易于在基于 X 列表的 ERP 系统中实施，能够为可重构 ERP 的成本管理提供有效、准确和集成化的信息支持。

6.4　资源消耗列表模型

资源消耗是企业为实现其目的和任务，创造能够满足客户需求的价值，在广义工作中心执行企业过程实例的过程中失去或放弃的资源。每个工作中心的资源消耗列表记录了该工作中心的资源消耗、作业资源消耗和工作中心成本。资源消耗列表用 UML 类图描述如图 6-2 所示。资源消耗记录了工作中心对于每一种资源的消耗累计。作业资源消耗记录了该工作中心（对于基本工作中心）或其子工作中心（对于广义工作中心）执行作业实例所产生的资源消耗按照作业的累计。工作中心成本记录了成本对象在该工作中心中所发生的成本。资源消耗、作业资源消耗、工作中心成本以及各级广义工作中心的成本采用 6.5 节所述的基于广义工作中心的作业成本法进行计算。

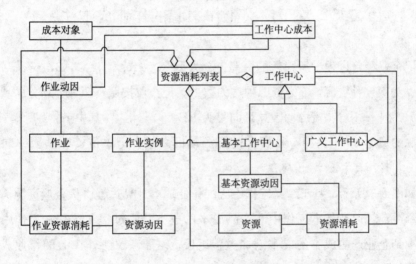

图 6-2 资源消耗列表模型图

从广义工作中心列表模型和企业过程列表模型中可以看出，基本工作中心是不可分解的原子企业结构单元，作业是不可分解的原子企业过程单元，资源消耗实际上是在基本工作中心执行作业实例时产生的。基本资源动因度量了基本工作中心的资源消耗，基本资源动因与资源动因分配率的乘积就是基本工作中心的资源消耗费用。作业实例资源动因度量了一个作业实例的资源消耗，作业实例资源动因与执行该作业实例的基本工作中心的资源动因分配率的乘积就是该作业实例的资源消耗费用。资源动因度量了基本工作中心中一个特定作业的资源消耗，是该作业的所有作业实例资源动因的累计。资源动因与基本工作中心的资源动因分配率的乘积就是该作业的资源消耗费用。作业动因度量了成本对象对基本工作中心某个特定作业的需求，作业动因与成本对象在基本工作中心中相应的作业动因分配率的乘积就是工作中心成本。

资源消耗列表采用基于广义工作中心的作业成本法描述了产品生命周期各个阶段上的成本结构，能够为产品生命周期各个阶段上的不同层次的 ERP 重构提供成本信息支持。虚拟工作中心的资源消耗列表，封装了企业合作伙伴的成本结构，可以为企业间集成和重构提供成本决策信息。因此，资源消耗列表是支持企业内和企业间重构的成本管理模型。

6.5　基于广义工作中心的作业成本法

记企业经营过程中所消耗的资源集合为 $RES=\{res_j \mid j=1, 2, \cdots, J\}$，其中 res_j 为第 j 种资源，J 为资源种类的数量。记企业按照资源种类划分的费用向量为 $RC=[rc_j]_{1 \times J}^T$，资源动因总量向量为 $RD=[rd_j]_{1 \times J}^T$，其中 rc_j 为所消耗第 j 种资源的费用，rd_j 为第 j 种资源的资源动因总量。记单位资源动因率向量为 $X=[x_j]_{1 \times J}^T$，其中 $x_j=rc_j/rd_j$。

如图 6-3 所示，基于广义工作中心的作业成本计算过程由从企业资源消耗到作业资源消耗以及基本工作中心产品成本的成本分配过程和从基本工作中心产品成本到企业产品成本的成本滚加过程组成。基于广义工作中心的作业成本计算过程如下所述。

步骤一：将企业的资源消耗分配到基本工作中心。设企业的基本工作中心的集合为 $BW=\{bw_i \mid i=1, 2, \cdots, I\}$，其中 bw_i 为第 i 个基本工作中心，I 为基本工作中心数量。每一个基本工作中心在执行作业实例时都要消耗一定的资源，基本资源动因度量了基本工作中心对于企业资源的需求。将企业的资源消耗分配到基本工作中心的基本资源动因矩阵可记为 $BRD=[brd_{ij}]_{I \times J}$，其中 brd_{ij} 为基本工作中心 bw_i 消耗的资源 res_j 的基本资源动因。记基本工作中心 bw_i 的资源消耗费用向量为 $RC^i=[rc_j^i]_{1 \times J}^T$，其中 $rc_j^i=brd_{ij} x_j$ 为基本工作中心 bw_i 消耗资源 res_j 的费用。至此，将企业的资源消耗分配到了基本工作中心。

步骤二：将基本工作中心的资源消耗分配到作业。设企业的作业集合为 $A=\{a_k \mid k=1, 2, \cdots, K\}$，其中 a_k 为第 k 个作业，K 为作业数量。基本工作中心

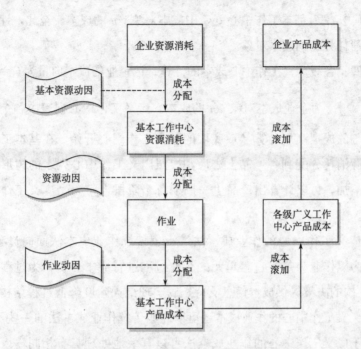

图 6-3　基于广义工作中心的作业成本计算过程

的资源消耗是在执行作业实例的过程中产生的，资源动因度量了作业对于资源的需求。记基本工作中心 bw_i 的资源动因数量矩阵为 $RD^i = [rd^i_{kj}]_{K \times J}$，其中 rd^i_{kj} 为基本工作中心 bw_i 中执行作业 a_k 的所有实例所消耗的资源 res_j 的资源动因。在基本工作中心 bw_i 中执行作业所产生的作业资源消耗费用向量为 $RCA^i = RD^i X = [rca^i_k]^T_{1 \times K}$，其中 rca^i_k 为基本工作中心 bw_i 执行作业 a_k 的所有实例所消耗的资源的费用和。至此，计算过程将基本工作中心的资源消耗分配到作业。

　　步骤三：将作业的资源消耗分配到成本对象。设企业成本对象的集合为 $CO = \{co_l \mid l = 1, 2, \cdots, L\}$，其中 co_l 为第 l 个成本对象，L 为成本对象的数量。作业动因度量成本对象对于作业量的需求。记基本工作中心 bw_i 的作业动因数量矩阵为 $AD^i = [ad^i_{lk}]_{L \times K}$，其中 ad^i_{lk} 为基本工作中心 bw_i 中产品 co_l 所消耗的作业 a_k 的作业动因数量。记 $ad^i_k = \sum_{l=1}^{L} ad^i_{lk}$ 为基本工作中心 bw_i 中作业 a_k 所有成本对象的作业动因数量和。则基本工作中心 bw_i 中单位作业动因率向量为 $Y^i = [y^i_k]^T_{1 \times K}$，其中 $y^i_k = rca^i_k / ad^i_k$。基本工作中心 bw_i 的成本向量为 $C^i = AD^i Y^i =$

$[c_i']^T_{I\times L}$，其中 c_i' 为基本工作中心 bw_i 中成本对象 co_l 的成本。至此，计算过程将作业资源消耗分配到成本对象。

步骤四：各级广义工作中心成本的计算。记企业的成本向量为 $C=[c_l]^T_{1\times L}$，其中 $c_l=\sum_{i=1}^{I} c_i'$ 为企业成本对象 co_l 的成本。广义工作中心列表中各个层次的广义工作中心的成本滚加计算从最底层的基本工作中心开始，在基本工作中心中作业的资源消耗分配到各产品上之后，按照广义工作中心列表的树形层次结构向上一层滚加，可以计算出产品生命周期各个阶段上每一个广义工作中心所消耗的成本。

基于广义工作中心的作业成本法继承了传统作业成本法面向过程的特点，可以用来为以作业为基本过程单元的企业过程进行成本分析，为过程重构驱动的 ERP 重构的决策提供成本信息支持，以实现最大限度降低过程结构成本。同时，基于广义工作中心的作业成本还可以克服传统作业成本法的一些不足之处。首先，基于广义工作中心的作业成本法可以有效地处理具有相同输入和输出要素的作业使用不同企业资源的情况。基本工作中心是企业系统的基本模块。由于不同的基本工作中心对企业资源的占用情况不同，调用不同基本工作中心中可替换作业会产生不同的成本、时间效率和质量。同样，不同的广义工作中心之间在一定条件下也可以具有互换性，以不同的成本、时间效率和质量完成具有相同输入输出要素的企业过程。基于广义工作中心的作业成本法可以用来对产品生产过程中的所有可以替换的广义工作中心和基本工作中心进行成本分析和成本控制，有力地支持可重构 ERP 系统的成本管理。其次，基于广义工作中心的作业成本法可以更准确地将共享资源消耗的成本追溯到成本对象。在基于广义工作中心的作业成本法中，企业的共享资源消耗按照基本资源动因分配到基本工作中心，在不同的基本工作中心中按照不同的分配比例分配到产品（按照各基本工作中心的不同作业的基本资源动因 brd_i、不同的作业动因 AD^i 和作业动因率 Y^i），比起传统作业成本法中按照全厂一致的单位水准作业动因将共享资源的消耗分配到成本对象要合理得多。基于广义工作中心的作业成本法将产品制造费用的分配进一步细化，能够更深入地揭示产品对于资源的消耗，更准确地反映产品的真实成本。

6.6　算　例

EPW 厂的 A 部门生产高压电器产品 H10 型 LA（以下简称 H 型产品）和
ZH10 型 LA（以下简称 ZH 型产品）。H 型产品和 ZH 型产品属于有不同特点却
可在同一生产线上生产的产品，H 型产品产量大，工艺复杂程度低；而 ZH 型
产品产量小，复杂程度高。对于 A 部门 2000 年 3 月份的成本数据采用基于广义
工作中心的作业成本法进行分析，具体数据见文献［114］。

首先将 EPW 厂的 A 部门按照生产的组织方式划分为 6 个基本工作中心，其
广义工作中心列表如图 6-4 所示。其中，生产管理基本工作中心的主要作业为 A
部门的生产管理工作；材料处理基本工作中心的主要作业为原材料的进料、移
动、存储和领用管理；准备工作基本工作中心的主要作业为每批产品的清洁及
装卸模具的准备工作；生产加工基本工作中心的主要作业为产品生产和加工工
作；产品检验基本工作中心的主要作业为每批产品的检验工作；分类包装基本
工作中心的主要作业为对产品按客户订单分类包装运输进仓工作。A 部门中的
基本工作中心的基本资源动因比例矩阵如表 6-1 所示，表中的每一项为小于或等
于 1.0 的正数，表示相应列的基本工作中心对相应行的资源消耗项目的占用比
例。表中每一行的和为 1.0。A 部门中基本工作中心的作业动因如表 6-2 所示。

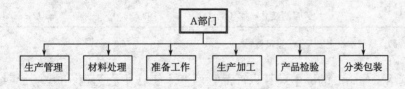

图 6-4　EPW 厂 A 部门的广义工作中心列表

表 6-1　A 部门中基本工作中心的基本资源动因比例矩阵

	材料处理	准备工作	生产加工	产品检验	分类包装	生产管理
材料处理人工	1.00	0.00	0.00	0.00	0.00	0.00
准备工作人工	0.00	1.00	0.00	0.00	0.00	0.00
直接人工	0.00	0.00	1.00	0.00	0.00	0.00

续表

	材料处理	准备工作	生产加工	产品检验	分类包装	生产管理
产品检验人工	0.00	0.00	0.00	1.00	0.00	0.00
分类包装人工	0.00	0.00	0.00	0.00	1.00	0.00
生产管理人工	0.00	0.00	0.00	0.00	0.00	1.00
直接材料	0.00	0.00	1.00	0.00	0.00	0.00
材料管理	1.00	0.00	0.00	0.00	0.00	0.00
机器动力电费	0.00	0.00	1.00	0.00	0.00	0.00
房屋占用	0.20	0.05	0.40	0.10	0.20	0.05
通风照明	0.20	0.05	0.40	0.10	0.20	0.05
设备折旧	0.03	0.03	0.80	0.03	0.11	0.00

表 6-2 A 部门中基本工作中心的作业动因

基本工作中心	作业动因描述	基本作业动因	
		H 型产品	ZH 型产品
材料处理	原材料移动批数	12	4
准备工作	产品生产批数	1 000	400
生产加工	产品产量	6 000	400
产品检验	产品生产批数	1 000	400
分类包装	产品分类包装次数	24	6
生产管理	产品直接总成本（元）*	192 633.02	17 356.27

*产品直接成本＝直接人工＋直接材料

基本工作中心的成本计算以产品检验基本工作中心为例，成本计算结果如表 6-3 所示。因为每批产品的检验数量为 H 型产品每批 2 只，ZH 型产品每批 1 只，因此对应的资源消耗项目"产品检验人员工资"的成本动因转换系数分别为 2 和 1。假设产品检验工作作业量与作业时间成正比，资源消耗项目"通风照明"、"房屋占用"、"设备折旧"均按照与资源消耗项目"产品检验人员工资"相同的成本动因转换系数进行分配。

表 6-3   基本工作中心产品检验的成本计算结果   （单位：元）

资源消耗	产品成本动因系数*		资源消耗成本	产品成本**	
	H 型产品	ZH 型产品		H 型产品	ZH 型产品
产品检验人工费	0.83	0.17	64 275.19	53 562.66	10 712.53
通风照明	0.83	0.17	1 292.26	1 076.88	215.38
房屋占用	0.83	0.17	3 497.66	2 914.72	582.94
设备折旧	0.83	0.17	3 031.76	2 526.46	505.29
合计			72 096.87	60 080.72	12 016.14

* 成本动因系数 ＝（该产品基本作业动因×该产品作业动因转换系数）/ $\sum$（产品基本作业动因×产品作业动因转换系数）

** 产品成本 ＝ 产品成本动因系数×资源消耗成本

广义工作中心 A 部门的成本由其各子工作中心的成本滚加而成，结果如表 6-4 所示。

表 6-4   广义工作中心 A 部门的成本计算结果   （单位：元）

资源消耗项目	产品总成本		产品单位成本	
	H 型产品	ZH 型产品	H 型产品	ZH 型产品
直接材料	116 091.49	8 859.43	19.35	22.15
直接人工	76 571.53	8 496.84	12.76	21.24
间接人工				
材料处理人工	18 574.17	6 191.39	3.10	15.48
准备工作人工	17 985.44	7 194.17	3.00	17.99
检验人工	53 562.66	10 712.53	8.93	26.78
产品分类包装人工	15 535.32	3 883.83	2.59	9.71
管理人员	5 938.48	534.98	0.99	1.34
其他制造费用				
房屋占用	24 383.52	10 593.10	4.06	26.48
设备折旧	60 773.88	40 284.67	10.13	100.71
通风照明	9 008.81	3 913.76	1.50	9.78
材料管理	3 187.50	1 062.50	0.53	2.66
机器动力电费	47 660.09	38 128.07	7.94	95.32
总计	449 272.90	139 855.26	74.88	349.64

　　将基于广义工作中心的作业成本法的计算结果与文献［114］中传统制造成本法和传统作业成本法的计算结果进行对比，如表 6-5 所示，可以看出，基于广义工作中心的作业成本法计算结果与作业成本法的结果接近，但与传统成本计算的结果有着明显区别。采用基于广义工作中心的作业成本法计算后发现传统制造成本法将 H 型产品的生产成本高估了 18.83%，将 ZH 型产品的生产成本低估了 60.51%。主要原因是新型、复杂的 ZH 型产品每个产品需要的机器动力、准备次数、材料处理、产品分类等费用皆比 H 型产品多，而传统制造成本法仅按照单一的单位水准作业动因来分配制造费用，所以在传统制造成本法下普通的 H 型产品为新型、复杂的 ZH 型产品承担了费用。与基于广义工作中心的作业成本法相比，传统作业成本法将 H 型产品的生产成本高估了 3.10%，将 ZH 型产品的生产成本低估了 11.07%。这是因为传统作业成本法按照全厂一致的单位水准作业动因将共享资源的消耗分配到成本对象，而基于广义工作中心的作业成本法将企业的共享资源消耗按照基本资源动因分配到基本工作中心，在不同的基本工作中心中又按照不同的分配比例分配到产品（按照各基本工作中心的不同作业的基本资源动因 brd_i、不同的作业动因 AD^i 和作业动因率 Y^i）。因此，与传统制造成本法和传统作业成本法相比，基于广义工作中心的作业成本法对共享资源消耗的分配更加合理和准确。

表 6-5　不同成本计算方法结果的比较　　　　　　　（单位：元）

成本计算方法	产品总成本		产品单位成本	
	H 型产品	ZH 型产品	H 型产品	ZH 型产品
传统制造成本法	533 898.91	55 229.25	88.98	138.07
传统作业成本法	463 200.00	125 916.00	77.20	314.79
基于广义工作中心的作业成本法	449 272.90	139 855.26	74.88	349.64

　　根据表 6-4 基于广义工作中心的作业成本法的结果对 ZH 型产品的生产过程进行分析，可以看出单位机器动力电费成本和设备折旧成本明显偏高，是需要降低成本的两个关键作业。通过进一步的作业分析，可以发现这两个作业的高成本是由一个共同因素引起的，即 ZH 型产品的单位机器小时是 H 型产品的 12

倍。经过研究和分析，发现 ZH 型产品的每批工艺耗时为 40 分钟/批，是 H 型产品的 2 倍；而 H 型产品每批产出数为 6 件，ZH 型产品则只有 1 件，从而造成 ZH 型产品的单位机器小时数是 H 型产品的 12 倍。针对这两点，EPW 厂的技术人员通过攻关发现可以采用新工艺使 ZH 型产品的工艺耗时降到 30 分钟/批；同时装备人员发现可以通过引进新的设备和模具每批产出 3 只 ZH 型产品。这样，在生产加工基本工作中心中，使用原有设备按原有工艺生产 ZH 型产品的作业（称为作业 A_1）和使用新设备按新工艺生产 ZH 型产品的作业（称为作业 A_2）便是具有相同输入和输出要素的而使用不同企业资源的作业。作业 A_2 的单位机器小时数是作业 A_1 的 1/4，可以大大降低以单位机器小时数为成本动因映射系数的资源消耗动力电费。但作业 A_2 使用了不同的设备资源，其资源消耗设备折旧、厂房占用和通风照明等与作业 A_1 也都会有所不同。这些都可以使用基于广义工作中心的作业成本法建立数学模型进行分析，为是否采用新工艺、引进新设备提供决策支持。

如果企业决策者通过成本分析最终决定采用新工艺、引进新设备，这种降低成本方法的实施，可以在基于 X 列表的新型 ERP 中通过对广义工作中心列表、企业过程列表和企业资源消耗列表的重构来实现集成化管理。而作业 A_1 和 A_2 便成为 A 部门生产加工基本工作中心中的两个可以互换的作业。在企业以后的 ERP 生产计划中，如果 A_2 作业所使用资源的能力不能够满足订单的需求，而 A_1 作业所使用资源的能力尚有富余，在成本和交货期允许的情况下，可以动态地对 ZH 型产品的生产过程进行重构，将部分订单安排由 A_1 作业来完成。

6.7　本章小结

本章对传统 ERP 中的成本计算方法和传统作业成本法及其存在的问题进行了讨论，提出了基于广义工作中心的作业成本法并发展了资源消耗列表模型，然后通过一个算例对该方法进行了验证。基于广义工作中心的作业成本法适用于可重构 ERP 面向过程的成本管理，可以为过程重构驱动的 ERP 重构的决策提供成本信息支持。无论是与传统的制造成本计算法相比，还是与传统的作业成本法相比，基于广义工作中心的作业成本法可以将产品共享资源消耗的分配进一步细化，能够适应可重构 ERP 所应用的先进制造环境下共享资源消耗在产品成本结构中占很大比重的情况，更深入揭示产品对于资源的消耗，更准确反映产品的真实成本。与传统的作业成本法相比，基于广义工作中心的作业成本法还可以有效地处理具有相同输入和输出要素的作业使用不同企业资源的情况，可以用来对产品生产过程中的所有可以替换的广义工作中心和基本工作中心进行成本分析和成本控制，有力地支持可重构 ERP 的成本管理。

第7章 可重构 ERP 的分布式决策模型

7.1 引 言

市场竞争的全球化和信息技术、先进制造技术的高速发展给企业的经营环境带来了巨大的影响，越来越多的企业采用网络化制造（networked manufacturing，NM)[115]~[117]、敏捷制造（agile manufacturing，AM)[118],[119]、e-Manufacturing[120]等先进制造模式以实现地理上分布的制造资源的集成和共享，从而快速响应市场需求的变化，赢得竞争和发展。如何实现分布式制造资源的优化配置，以充分利用企业自身的制造资源，并通过集成合作伙伴的互补共享资源来满足市场需求提高企业的竞争力，成为新的制造环境下的关键问题。

企业系统是一个动态的过程系统，任何一个时刻企业系统中都存在着多个运行的企业过程，这些企业过程的运行会使用和消耗企业的资源。然而企业的资源是有限的，如何优化配置企业资源，是企业运营中的核心问题之一。从 20 世纪 60 年代的物料需求计划系统到 20 世纪 80 年代的制造资源计划系统以及 20 世纪 90 年代发展起来的企业资源计划系统，人们试图通过集中式的刚性计划来实现企业制造资源的合理配置。在传统 ERP 的计划层次中，用户根据市场需求预测制定主生产计划，然后根据主生产计划由系统生成物料需求计划和能力需求计划，从而进一步达到对企业内部制造资源的计划与控制。

然而传统 ERP 所采用的集中式计划方式，无法支持网络化制造环境下企业内部和企业间地理上分布的决策单元的分布式决策以实现分布式制造资源的优化配置。同时，传统 ERP 中刚性的计划驱动机制难以实现企业制造过程中的动态控制，难于处理由于各种例外情况（如物料供给的延迟、生产设备的故障、客户修改或取消订单等）或客户需求变化造成的计划偏离。因此本书对基于多代理系统（multi-agent system，MAS）的分布式决策进行了研究，通过分布式决策单元代理的协商实现企业制造过程中的分布式制造资源动态优化配置。

7.2　代理和多代理系统的基本理论和应用

代理（agent）和多代理系统（multi-agent system，MAS）是目前人工智能、计算机、信息处理、自动控制等领域研究的热点之一。具有社会性、自治性和协作性的多代理系统为处理信息系统中应用和数据的异构性、分布性与动态性提供了有效的途径。代理和多代理系统的应用能够提高信息系统的智能性、主动性、适应性和协作性。随着代理和多代理理论的发展，其应用的领域也越来越广。本节将对代理和多代理的基本理论和应用进行简要的介绍。

7.2.1　代理的基本概念

代理是处于某个环境中的计算系统，该系统有能力在这个环境中自主行动以实现其设计目标[121]。代理应具有如下基本属性[122]：

（1）自主性（autonomous）。代理的运行不需要人或其他系统的直接干预，并对自己的行为和内部状态有一定的控制能力。

（2）反应性（reactivity）。代理可以感知所处的环境，并可以对环境的变化作出适时的响应，以满足其设计目标。

（3）社会性（social ability）。代理可以通过某种途径与其他代理或人交换信息，协同完成自己的任务或帮助其他代理完成相关的任务。

（4）主动性（pro-activeness）。代理并不仅仅能简单地对环境做出反应，还能够主动采取目标导向的行为。

根据实际应用的需要，代理还可以被设计为具有移动性、学习能力、适应性、可靠性、理智性等其他属性[122]~[125]。

参考文献［121］对代理的形式化描述如下所述。假设代理所处的环境是离散的瞬时状态的有限集合

$$E = \{e, e', \cdots\}$$

在任意时刻环境处于某一状态 $e \in E$。

代理对环境的反应能力可表示为一个活动集合

$$Ac = \{\alpha, \alpha', \cdots\}$$

代理的活动 $\alpha \in \mathrm{Ac}$ 可以改变环境的状态。

代理在环境中的一次执行 r 是环境状态与活动交替的一个序列

$$r : e_0 \xrightarrow{\alpha_0} e_1 \xrightarrow{\alpha_1} e_2 \xrightarrow{\alpha_2} \cdots \xrightarrow{\alpha_{u-1}} e_u$$

记 $\mathfrak{R}$ 为所有可能的（E 和 Ac 上的）有限执行序列集合，$\mathfrak{R}^{\mathrm{Ac}}$ 是以活动结束的序列所组成的 $\mathfrak{R}$ 的子集，$\mathfrak{R}^E$ 是以环境状态结束的序列所组成的 $\mathfrak{R}$ 的子集。

代理的活动作用于环境的效果可用如下状态转移函数表示

$$t : \mathfrak{R}^{\mathrm{Ac}} \rightarrow \wp(E)$$

其中，为 $\wp(E)$ 为 E 的子集组成的集合。状态转移函数建立了代理的一次执行（以代理的活动结束）与可能的环境状态之间的映射，这些环境状态是代理执行的结果。状态转移函数表明环境的状态是与历史有关的，即环境的下一个状态不仅由当前环境状态和代理执行的活动决定，也受到代理以前所执行的活动影响。状态转移函数还表明环境状态的不确定性，即在某个环境状态下代理执行的一个活动会对应多个环境状态。

$\tau(r) = \Phi(r \in \mathfrak{R}^{\mathrm{Ac}})$ 表示不存在 r 后继状态，即系统结束执行。假设所有的执行最终都会结束。

把环境表示为一个三元组

$$\mathrm{Env} = (E, e_0, t)$$

其中，E 为环境状态的集合，$e_0 \in E$ 为初始状态，t 为状态转移函数。

代理模型可表示为一个函数

$$Ag : \mathfrak{R}^E \rightarrow \mathrm{Ac}$$

代理将一次执行（以环境状态结束）映射到代理的活动。因此代理根据系统到当前时刻的执行历史决定采取什么样的活动。

代理 Ag 在环境 $\mathrm{Env} = (E, e_0, t)$ 中的一次执行可表示为序列

$$(e_0, \alpha_0, e_1, \alpha_1 e_2, \cdots)$$

其中，$e_0 \in E$ 为 Env 的初始状态；$\alpha_0 = Ag(e_0)$；$\forall u > 0$，则

$$e_u \in t[(e_0, \alpha_0, \cdots, \alpha_{u-1})]$$

$$\alpha_u \in Ag[(e_0, \alpha_0, \cdots, e_u)]$$

用效用函数作为代理执行结果的度量

$$u: \mathfrak{R} \to \mathbf{R}$$

其中，$\mathbf{R}$ 为实数的集合。

假设效用函数 u 有一个上限，即 $\exists k \in \mathbf{R}$，$\forall r \in \mathfrak{R}$，$u(r) \leqslant k$。则最优的代理是使期望效用最大化的代理

$$\mathrm{Ag}_{\mathrm{opt}} = \arg \max_{\mathrm{Ag} \in \mathrm{AG}} \sum_{r \in \mathfrak{R}(\mathrm{Ag}, \mathrm{Env})} u(r) P(r \mid \mathrm{Ag}, \mathrm{Env})$$

其中，$\mathfrak{R}(\mathrm{Ag}, \mathrm{Env})$ 为代理 Ag 在环境 Env 中执行的集合，并假设其中只包含可以结束的执行，即 $\forall r \in \mathfrak{R}(\mathrm{Ag}, \mathrm{Env})$，$\tau(r) = \Phi$；AG 为代理的集合；$P(r \mid \mathrm{Ag}, \mathrm{Env})$ 为代理 Ag 在环境 Env 中执行 r 出现的概率。上式给出了代理执行中选择要执行的活动的一般规则。

代理内部实现的体系结构可以分类为[122]：

(1) 认知或慎思型结构（cognitive or deliberative architecture），包含世界和环境的显示表示和符号模型，使用符号操作进行决策；

(2) 反应型结构（reactive architecture），不包括任何符号世界模型，不使用复杂的符号推理机制；

(3) 混合型结构（hybrid architecture），将上述两类结构有机结合而成的结构。

7.2.2　多代理系统的基本概念

多代理系统是由多个代理所组成的松散耦合的网络，这些代理相互合作共同解决依靠单个代理的能力和知识所不能解决的问题[123]。多代理系统中每个代理具有解决问题的不完全信息和能力，没有全局的系统控制机制，数据分布存储，计算并发异步执行。图 7-1 是参考文献［121］中的多代理系统示意图。多代理系统具有如下主要特点[121]~[129]：

(1) 社会性。在多代理系统中，代理处于由多个代理构成的社会环境中，通过某种代理通信语言与其他代理进行通信和信息交换，实现与其他代理的协调、协商、合作、竞争等，以完成自身问题的求解或帮助其他代理完成相关的任务。

(2) 自治性。在多代理系统中，一个代理发出服务请求后，其他代理只有同时具备提供此服务的能力与兴趣，才能接受任务委托。一个代理不能强制另一个代理提供某项服务。

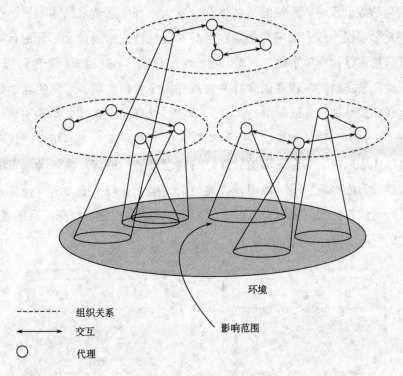

图 7-1　多代理系统示意图

（3）协作性。在多代理系统中，具有不同目标的各个代理必须相互协商、协作未完成问题的求解。

7.2.3　多代理系统的体系结构

多代理系统中代理按照某种体系结构组织在一起相互协作。被研究最多的多代理系统体系结构有如下两种[125]：

（1）直接通信式结构（direct communication）；

（2）辅助通信式结构（assisted communication）。

在直接通信式结构下，代理点对点进行通信，并自主处理自己的通信和协调。常见的直接通信式结构有合同网（contract-net）结构和特性共享（specification sharing）结构。直接通信式结构的优点在于单个代理不依赖于其他的代理或系统，局部自治性好。然而直接通信式结构只适用于规模较小的系统，因为当代理的数量多时，系统的通信量会非常大。直接通信式结构的另一个缺点是实现复杂，因为每个代理都必须含有与其他代理进行通信和协调的代码。另外直接通信式结构中单个代理的局部自治性也导致不易达到全局最优目标。

辅助通信式结构中代理依靠特殊的系统程序实现协调。常见的辅助通信式结构是联邦式结构（federated system）。如图 7-2 所示，联邦式结构引入了协调者（facilitator）提供协调机制。协调者将一组代理聚集为代理集合，代理不直接与其他代理通信，集合内部的代理只与协调者进行通信，协调者负责集合内部的代理行为的协调。同时协调者代表整个代理集合与系统中的其他协调者或代理进行通信和协调。联邦式结构与直接通信式结构相比可以降低系统通信量，结构化的组织更容易达到全局最优。

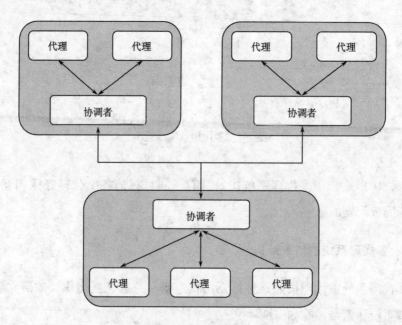

图 7-2　联邦式结构的多代理系统示意图

7.2.4　多代理系统的通信

通信能力是代理社会性的重要表现。代理通过通信传递信念、愿望、意图等思维状态，协调它们的行动和行为，以实现其设计目标。代理的通信在知识层上进行表达、理解和交流。比较成功代理通信语言主要包括 DARPA（Defense Advanced Research Projects Agency) 资助的知识共享计划（Knowledge Sharing Effort，KSE）的研究结果知识交换格式（knowledge interchange format，KIF)[130]和知识查询与操纵语言（knowledge query and manipulation language，KQML)[131]，[132]以及 FIPA（Foundation for Intelligent Physical Agents）的 ACL（agent communication language)[133]。KQML 和 FIPA ACL 在语法格式的定义和语义解释上稍有不同，但基本思想都是建立在语言行为（speech act）理论的基础之上。

KQML 定义了代理信息交换过程中的最小单元——消息的结构、语法和语义等，是代理通信的"外层"语言，为消息定义了一个"信封"格式[121]。一个 KQML 消息由三个层次组成[125]：通信层，描述了低级的通信参数，如发送者、接受者、通信标识等；消息层，包括一个述行语并标识所使用的解释协议；内容层，包含与所提交的述行语相关的内容信息。KQML 并不涉及消息内容的描述，消息的内容可以用 KIF 来表达。KIF 是一种显式地对某个特定领域进行知识表达的语言，采用一阶谓词逻辑的扩展形式来表达命题的内容。FIPA ACL 也定义了一种代理通信的"外层"语言，具体语法与 KQML 非常类似，但补充了 KQML 所缺少的满足要求语义的表达[121]。

如果两个代理就某个领域的问题通信，那么它们必须就描述这一领域所使用的术语取得一致[121]。例如，一个代理正向另一个代理购买某种工程物品（螺母或螺栓），购买者必须能够完全肯定地向卖方说明所需物品的特性，例如尺寸等。因此，代理必须对"尺寸"的含义以及"英寸"或"厘米"等术语的含义取得一致。本体就是对这些术语集合的说明。本体是对领域中的概念及其相互关系的形式定义[125]。KIF 可以用于本体的定义，Ontolingua 服务器[134]是一个基于 KIF 的本体定义工具。一些研究者也开发了其他的语言和工具进行本体表达，如基于 XML 的代理标记语言（DARPA agent markup language，DAML)[135]。

7.2.5　多代理系统的协调、协作与协商

多代理系统中代理之间进行的社会性交互包括协调、协作和协商等[121]~[128]。

（1）多代理协调（coordination）是指具有不同意图的多个代理通过协调各自的行为，对有限的资源进行合理的安排，以实现个体与群体目标。通过协调可以有效地利用有限的资源，消除系统冲突，减少冗余行为降低成本，均衡个体间的目标差异，改进多代理系统的整体行为和性能。

（2）多代理协作（cooperation）是在共同工作的代理间分配任务、信息和资源。协作问题的解答实际上是回答了"谁做什么"的问题。通过协作可以改进整体系统的能力和效率，完成单个代理不能完成的任务。

（3）多代理协商（negotiation）是多个具有不同目标的代理之间达成一致形成决策的过程。随着对多代理系统研究的不断深入，多种多代理协商机制被开发出来，如投票机制、拍卖机制、拟市场机制、辩论机制等。

7.2.6　代理和多代理系统的应用

近年来，分布式人工智能的研究和网络化分布式环境的普及推动了代理理论和技术的发展，代理特别是多代理体技术已经在很多领域有了很好的应用前景。面向代理的编程（agent-oriented programming，AOP）[136]和面向代理的软件工程（agent-oriented software engineering，AOSE）[137]更是给分布开放式系统提供了崭新的分析设计抽象模式以及崭新的实现途径。

（1）制造系统与业务过程管理。Parunak 建立了 YAMS 模型，将合同网机制应用于柔性制造系统（flexible manufacturing system，FMS）中的任务分配[138]。Fox 等基于多代理的协作协调机制建立了集成化供应链管理系统（integrated supply chain management，ISCM）[139]。Jennings 等基于代理的业务过程管理系统（advanced decision environment for process tasks，ADEPT），将业务过程系统模型化为由相互协商、提供服务的多代理系统[140]。张洁、李培根等将多代理技术应用于先进制造领域，研究了基于多代理技术的敏捷制造系统重构、车间管理与控制[127]。

（2）信息检索与信息管理。Maes 开发了邮件助手代理 MAXIMS，新闻过虑代理 NewT[141]。MAXIMS 通过观察用户的操作能力，学习邮件的自动排序、删除、转发、分类和存档。NewT 通过实例训练可以给用户提供新闻读取的建议，并获得对这些建议的反馈。Etzioni 提出了 Web 上的导游代理、索引代理、常见问题解答代理、专家发现者代理等[142]。Wellman 等将多代理技术应用于电子图书馆的信息检索系统[143]。

（3）电子商务。Menczer 等开发了 IntelliShopper 代理，IntelliShopper 是一种购物助手代理，可以通过学习用户的偏好来定制自身的行为，具有自主性独立于买方和卖方，并能够保护用户隐私[144]。Chavez 等开发了基于 Web 的 Kasbah 系统，该系统是一个虚拟的 Web 市场，用户可以创建自主的代理代表他们进行商品的买卖，市场中的代理应用拍卖机制进行商品的在线拍卖，用户还可以通过参数设定来指导和约束代理的行为[145]。

（4）其他领域。代理和多代理理论也被广泛地应用于医疗[146]、娱乐[147]、交通和运输控制[148]等其他领域。

7.3　基于 MAS 的分布式决策

在当今全球化的市场环境下，一个企业内部的决策单元往往具有地理上的分布性。为更好地把握市场机遇，企业间采取虚拟企业、战略联盟等企业间集成策略，不同企业决策单元间也需要更紧密地交互与协作。现代企业的决策环境往往具有如下分布式特征：

（1）决策主体不限于单个决策者或代表同一组织的决策群体，而是若干具有一定独立性又存在某种相互联系的决策组织。

（2）决策过程所必需的信息、资源或某些重要的决策因素分布在不同的物理空间。

（3）参加决策的单个决策单元不能解决全局问题的全部信息、知识和资源，决策单元间必须相互协作才能解决全局问题。

（4）参加决策的各个决策单元具有不同的个体利益和目标，以及共同的整体利益和目标。

传统的集中式决策理论[149]无法给这种多个独立、自治的决策单元进行协商和协作的分布式决策过程提供支持。具有代理交互社会性、代理节点自治性和代理行为协作性的多代理系统，给这种分布式决策问题的求解提供了新的思路。将决策单元看做是代理，可以把分布式决策过程转化为多代理的协调、协作与协商的过程。基于 MAS 的分布式决策过程需要解决的主要问题是达成一致决策方案和实施决策方案的多代理协商、协作、协调等交互机制的设计。基于 MAS 的分布式决策模型多代理交互机制应满足下述评价准则[121],[129]。

1. 成功准则

多代理交互机制应保证最终能够达成一致的决策方案。

2. 整体利益最大化准则

所谓整体利益是指某一决策方案能够给参加决策的所有代理带来的效用或收益之和。整体利益最大化准则就是要保证决策方案的整体效用或收益最大。这一准则可以用于对多个决策方案进行比较。

3. Pareto 有效性准则

Pareto 有效性[149]定义如下：

如果某一决策方案 x 是 Pareto 有效的，则不存在另一决策方案 x_1 满足如下条件：至少有一个代理在方案 x_1 中的收益高于方案 x 中的收益，而其他代理在方案 x_1 中的收益至少不低于在方案 x 中的收益。

Pareto 有效性准则是从另一个整体角度评价决策方案的准则。Pareto 有效性准则衡量整体收益但不要求对所有代理的收益之和进行比较。显然，整体收益最大化准则是 Pareto 有效性准则的一个子集。一旦所有代理的收益最大化，则某一代理收益的增加必然导致其他一个或多个代理收益的下降。

4. 个体理性准则

个体理性准则是指一个代理决定是否参加协商时，都要通过对自身收益的比较来决定。如果参加协商后所得的收益不低于不参加协商所得的收益，则该代理将参加协商，否则该代理将不参加协商。如果参加协商的每个代理都是理性的，则称该交互机制符合个体理性准则。因此在多代理交互机制设计时必须考虑该机制是否满足个体理性准则，如果某一交互机制不能满足个体理性准则，则必然会有一部分代理由于不能获得额外收益而不参加协商。

5. 稳定性准则

如果所设计的多代理交互机制能够保证各代理按照预期的方式执行，则称该多代理交互机制具有稳定性。如果多代理交互机制缺乏稳定性，自主运行的代理将会找到其他方案使自己获得额外的收益，并采取这种方案。多代理系统中某一代理的最佳策略往往依赖于其他代理所采取的策略，因此需要利用稳定性准则来评价多代理交互是否会按照预期的方式进行。最著名的稳定性评价准则是 Nash 均衡。Nash 均衡[121]，[149] 定义如下：

设 AG＝ $\{Ag_i \mid i=1, 2, \cdots, n\}$ 是多代理系统中所有代理组成的集合，$S^*_{AG}＝\{S^*_i \mid i=1, 2, \cdots, n\}$ 是多代理系统中的代理对某一问题采取的策略，若称 S^*_{AG} 处于 Nash 均衡状态，则其必须满足如下条件：$\forall$ 代理 Ag_i，如果其他代理采取如下策略 $\{S^*_1, S^*_2, \cdots, S^*_{i-1}, S_{i+1}, S^*_n\}$，则 Ag_i 的最优策略为 S^*_i。

然而 Nash 均衡在实际应用中往往存在如下两个问题[121]：在某些对策环境中不存在 Nash 均衡；在另外一些情况下存在一个以上的 Nash 均衡策略，而事先并不知道代理将采取哪个策略。而且在实际应用中会出现有效性准则和稳定性准则相互冲突的情况。尽管如此，Nash 均衡对于多代理系统交互机制的分析仍然起着重要的作用。

6. 计算有效性准则

所设计的多代理交互机制在应用过程中应该尽量节约计算资源。分布式决策环境的异构性和复杂性要求必须在增加计算费用和提高决策质量之间进行均衡。

7. 分布通信有效性准则

在满足其他准则的情况下能够避免由于单点失效而引起整个系统失效，并能减少瓶颈资源影响的多代理交互机制是更好的选择。同时，所设计的多代理的交互机制应该尽量减少通信量。

7.4　决策单元代理列表模型

为实现企业内部和企业间分布式决策单元的交互协商和协作，并实现企业过程执行中的动态资源优化配置，本书在 X 列表模型中引入决策单元代理列表作为可重构 ERP 的分布式决策模型，其基于多代理的协调、协作与协商实现可重构 ERP 运行中的动态分布式决策。

在 X 列表中，决策单元代理是较粗粒度、相对独立的企业决策单元，描述了企业各个业务领域的计划、调度、协调等控制机制。决策单元代理列表则是企业所有决策单元代理所组成的分布式决策模型，描述了企业的业务领域、决策系统的构成以及各个业务领域、决策单元之间的协调运作方式。

决策单元代理列表模型如图 7-3 所示。决策单元代理由通信处理器、本体库、规则库、行为库、状态库组成。通信处理器负责接收消息、发送消息和产生事件。局部本体库是一个决策单元代理内部的知识集，是实现其功能所必需的领域内语义知识库，是该决策单元代理所代表领域内的决策者、决策单元代理之间进行交流能够共同理解的语义知识库。规则库是决策单元代理行为规则

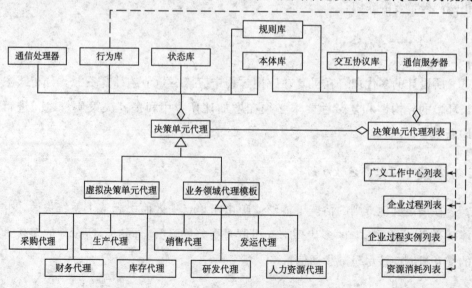

图 7-3　决策单元代理列表模型图

的集合，是决策单元代理所代表的领域内的业务规则集合。行为库是决策单元代理对消息响应的行为集合，记录了消息与响应消息的行为所采用的方法的对应关系，方法包括一些操作，计划、协调、调度等决策方法，以及企业过程列表中的企业过程和作业的引用。行为库中还记录了方法的标识、输入输出参数以及能力约束等。状态库记录了决策单元代理当前的状态数据。企业共性的业务领域用业务领域代理模板来描述，可分类为采购代理、生产代理、销售代理、库存代理、财务代理、研发代理、人力资源代理等。虚拟决策单元代理代表了不属于企业内部的合作伙伴的决策单元。

决策单元代理列表由各个决策单元代理（包括各个业务领域代理）以及通信服务器、交互协议库、全局本体库和规则库组成。通信服务器负责分发消息和事件。交互协议库包括决策单元代理交互的消息格式以及决策单元代理之间交互过程的约定。全局本体库是决策者、决策单元代理之间在交互的过程中能够共同理解的语义知识库，用于对消息所包含信息的内容进行描述。规则库则是决策单元代理间交互的协调和协作的规则集合。决策单元列表中的各个决策单元代理根据资源约束相互协商制订合理的企业过程计划，将企业过程计划中的子过程和作业安排给具体的广义工作中心执行，根据企业过程计划生成企业过程实例，并对企业过程实例执行过程进行监控，在发生例外情况时各个决策单元代理相互协调对过程进行动态重构以保证完成计划。各个决策单元代理还负责捕捉其管理控制范围（如业务领域）内的事件，按照业务规则制订企业过程计划、监控企业过程的执行，并负责调度其管理控制范围内部的广义工作中心。

具体实施时，企业可按照自身业务领域范围选择合适的业务领域代理模板组成决策单元代理列表，并按照企业的运作方式对各个业务领域代理的运作规则进行修改。对于企业特殊的业务领域和决策单元可以按照标准代理模板构建相应的决策单元代理。

决策单元代理列表可以适用不同的企业环境，具有可扩展性，能够实现业务逻辑规则与业务操作的分离以及单个代理业务逻辑规则与决策单元代理间协作协调规则的分离，通过虚拟决策单元可以实现企业间分布式决策单元的交互协商与协作，通过决策单元代理的协商与协调实现企业过程执行中的动态资源优化配置，是可重构 ERP 的分布式决策模型。

7.5　基于 MAS 的分布式制造资源动态优化配置

从物料需求计划（MRP）到制造资源计划（MRPII）再到传统的企业资源计划（ERP），人们试图通过集中式的刚性计划来实现企业资源的合理配置。然而传统 ERP 中的集中式、刚性计划机制无法实现对企业过程运行过程中的动态控制，处理企业过程运行中的例外情况，并实现企业资源的动态优化配置。本书采用基于 MAS 的动态资源分配，对企业资源的动态合理的优化配置进行了有益的尝试。

假设参加分布式制造资源动态优化配置决策的企业内部和企业外部的决策单元代理的集合为

$$BODA = \{da_i \mid i = 1, 2, \cdots, n_{da}\}$$

其中，da_i 为一个决策单元代理，n_{da} 为企业决策单元代理的个数。

决策单元代理代表了企业的各个业务领域的决策单元，虚拟决策单元代理则代表了不属于企业内部的合作伙伴的决策单元。决策单元代理管理着一些广义工作中心，能够执行一些企业过程。将这些广义工作中心称为决策单元代理的资源。决策单元代理也都管理着企业某些业务领域的企业过程或子过程，其称为决策单元代理的任务。决策单元代理可以使用所拥有的资源完成某些任务，而其所管理的任务的执行也可能需要其他决策单元所拥有的资源来完成。因此，如图 7-4 所示，多决策单元代理动态资源分配问题就是通过多代理的协商在决策单元代理间分配待分配任务集中的任务并在任务间动态分配可用资源集内的资源的过程。

我们把决策单元代理列表中的代理抽象为两类，一类是资源代理，即资源的提供者，代表了决策单元代理所拥有的资源；另一类是任务代理，即资源的消耗者，代表了决策单元代理所管理的任务。

在某一时刻，记决策单元代理列表中的待分配任务的代理集合为

$$TA = \{ta_j \mid j = 1, 2, \cdots, n_{ta}\}$$

其中，ta_j 为一个任务代理，n_{ta} 为任务代理的个数。

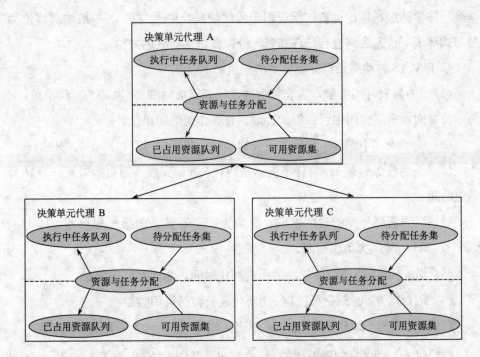

图 7-4　基于 MAS 的分布式制造资源动态优化配置示意图

在某一时刻，记决策单元代理列表中的可用资源的代理集合为

$$RA = \{ra_k \mid k = 1, 2, \cdots, n_{ra}\}$$

其中，ra_k 为一个资源代理，n_{ra} 为资源代理的个数。

假设 TA 中每个任务代理只对应一个任务，RA 中每个代理只对应一个资源。一个决策单元代理可能拥有多种企业资源，在某一时刻也可能有多个任务需要进行分配。因此在某一时刻，同一个决策单元代理可能在任务代理集合 TA 和资源代理集合 RA 中出现多次，有多个编号，即 $ta_j \in BODA$，$ra_k \in BODA$，但是 $n_{aa} + n_{ra} \neq n_{da}$。

本书采用基于一般均衡理论的拟市场多代理协商机制，通过资源价格的市场调节实现资源的合理动态分配。当价格调整到所有市场的供给与需求都相等，就称该经济处于一般均衡状态[150]。一般均衡理论给由分布式独立决策的经济主体构成的市场经济上有效的资源配置提供了有力的分析手段。自从 Wellman 提出面向市场的规划（market-oriented programming）[151]以来，一般均衡理论这一微观经济学的经典理论也被广泛应用于多代理系统中[151]~[156]。一般均衡理论为分布式环境下代理之间进行任务和资源分配提供了有效的方法。

基于 MAS 的动态资源分配模型的变量如下：

（1）t 为离散时间变量，为非负整数，代表当前时刻。t 以 d 为时间单位，d 为单位时间，实际应用中可以以天、周、月等作为时间单位。

（2）tf_j 为任务代理 ta_j 所代表任务的最迟完成期限时间，以 d 为单位时间。

（3）d_{jk} 为任务代理 ta_j 将任务交给资源代理 ra_k 完成所需要的时间，以 d 为单位时间。

（4）D 为资源分配的时间区间，D 应大于所有任务的最长提前期，即 $D \geqslant \max\limits_{j}\{tf_j - t\}$，以 d 为单位时间。

（5）timeout 为资源分配算法的强制终止时间，为连续时间变量。

（6）$R_k(t)$ 为 t 时刻资源代理 ra_k 所代表资源的可用数量。

（7）$r_{jk}(t)$ 为 t 时刻任务代理 ta_j 对资源代理 ra_k 所代表资源的需求量。

（8）$M_k(t)$ 为 t 时刻资源代理 ra_k 分配出去的资源数量，$M_k(t) = \sum\limits_{j} r_{jk}(t)$，即各任务代理对资源代理 ra_k 所代表资源的消费量之和。

（9）σ_k 为资源代理 ra_k 所代表资源达到均衡时资源需求量与供给量之间的允许偏差，达到均衡时 $0 \leqslant R_k(t) - M_k(t) \leqslant \sigma_k$。

（10）C_j 为任务代理 ta_j 所代表任务的预算成本。

（11）CL_k 为资源代理 ra_k 可以接受的最低资源价格，即资源的成本价格。

（12）$p_k(t)$ 为资源代理 ra_k 在 t 时刻的资源价格。

（13）σ_k 为资源代理 ra_k 所代表资源的价格调整幅度。

资源代理的目标是尽量减少闲置资源，并以尽量高的价格出让资源，其目标函数可表示为

$$\max M_k(t) p_k(t) - R_k(t) CL_k$$
$$\text{s. t.} \quad M_k(t) \leqslant R_k(t) \tag{7-1}$$

任务代理的目标是以尽量低的价格取得资源，并使任务在规定期限和成本预算内完成，其目标函数可以表示为

$$\min r_{jk}(t) p_k(t)$$

$$\text{s.t.}\quad r_{jk}(t)\,p_k(t) < C_j$$

$$t + d_{jk} \leqslant \text{tf}_j \tag{7-2}$$

为简化问题，假设每个任务都可以由一个资源代理承担完成。对于不能够由一个资源代理承担完成的任务，可以进行任务分解后再进行分配。这样资源的分配问题就变成了一个资源卖方（资源代理）和多个资源买方（任务代理）在市场竞价以及一个资源买方（任务代理）从多个资源卖方（资源代理）中选择一个的问题。在这个过程中，任务代理根据资源的市场价格对资源需求量进行调节，资源代理根据资源的需求量对资源的市场价格进行调节，从而最终达到某种均衡状态，实现资源的合理配置。

基于一般均衡市场机制的资源分配算法如下。

步骤一：　任务发布。任务代理 ta_j 向所有资源代理广播任务发布信息，其中附带了任务对资源的能力、预算、时间等要求。

步骤二：　提交价格。如果是第一次进入 ra_k，将上一资源分配时段的最终价格作为初始价格，即 $p_k(t) = p_k(t-1)$，否则设价格为 $p_k(t)$；并将此价格以及完成任务所需的资源数量 $r_{jk}(t)$ 和时间 d_{jk} 向所有 ra_k 所拥有资源的能力能够满足要求的任务的代理 ta_j 广播。

步骤三：　提交需求量。任务代理 ta_j 在接收到所有满足要求的资源代理的报价后，按照目标函数（7-2）选择一个最优的资源代理 ra_k^*，并提交需求量如下：

$$r_{jk}(t) = \begin{cases} r_{jk}(t) & \text{对于 } \text{ra}_k^* \\ 0 & \text{对于其他资源代理} \end{cases}$$

步骤四：　价格调整。资源代理 ra_k 接到所有活动代理的消息后，令 $M_k(t) = \sum_j r_{jk}(t)$，①如果未达到强制终止时间 timeout，如果 $0 \leqslant R_k(t) - M_k(t) \leqslant \sigma_k$，表明达到均衡状态，转到步骤五；否则，如果 $R_k(t) > M_k(t)$，令 $p_k = p_k - \delta_k$，否则令 $p_k = p_k + \delta_k$，转步骤二。②如果已超过强制终止时间 timeout，如果 $R_k(t) \leqslant M_k(t)$ 转到步骤五；否则向系统报告资源数量不足并终止算法。

步骤五：　任务承诺。资源代理 ra_k 向所有需求量 $r_{jk}(t) > 0$ 的任务代理 ta_j 提交任务承诺，任务代理 ta_j 接受任务承诺。算法结束。

基于一般均衡市场机制的资源分配算法中任务代理和资源代理的协商过程如图 7-5 所示。在本书基于 MAS 的动态资源分配方法中，分布式的任务代理和资源代理按照一定的周期根据当前系统的待分配任务对可用资源进行协商分配，从而达到资源的动态优化配置。该方法与传统 ERP 中的集中式、刚性计划资源分配机制相比，能够支持分布式决策单元的交互协商决策，具有更高的柔性、动态适应性和对可重构性的支持，其特性包括三个方面。

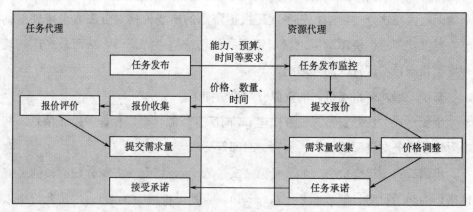

图 7-5　任务代理和资源代理的协商过程

（1）分布式决策。决策单元代理代表了企业内部和企业外部参与分布式决策的决策组织，通过决策单元代理的分布式协商决策可以实现分布式制造资源动态优化配置。决策单元代理是自主的独立决策主体，企业内分布式组织的交互决策可以通过决策单元代理的协商和协作来实现。虚拟决策单元代理的资源和任务代表了企业合作伙伴的资源和业务过程，因此通过企业间决策单元代理的交互协商和协作还可以实现企业间决策组织的资源共享和业务过程的集成与重构。

（2）柔性和动态适应性。企业过程运行中由于各种例外情况（如物料供给的延迟、生产设备的故障、客户修改订单等）或用户需求的变化而对企业过程进行的动态重构都可以转化为决策单元代理待分配任务集和可用资源集的变化，可以通过任务代理与资源代理的协商重新实现任务和资源的动态合理分配。在有紧急任务时，相应的任务代理也可以随时发起协商过程以获取所需的资源，应对紧急情况，从而实现柔性和动态适应性。

（3）对可重构性的支持。基于 MAS 的分布式决策模型具有开放性和可重构性，企业内部决策组织结构和制造资源的变化、企业合作伙伴关系和共享制造资源的变化都可以通过 MAS 模型参数的调整而实现。广义工作中心列表的重构可以转化为决策单元代理资源集的变化，企业过程列表的重构可以转化为决策单元代理任务集的变化，决策单元代理列表的重构可以转化为参与资源分配协商的多代理系统的变化，它们都不会影响资源动态分配过程的进行，从而有力支持基于 X 列表的 ERP 系统的可重构性。

7.6　本章小结

本章对代理、多代理系统的基本概念和应用进行了简要的介绍，并对基于 MAS 的分布式决策进行了讨论。为克服传统 ERP 中的集中式、刚性计划机制的缺点，在 X 列表模型中引入决策单元代理列表作为可重构 ERP 的分布式决策模型，其基于多代理的协调、协作与协商实现可重构 ERP 运行中的动态分布式决策。基于 MAS 的一般均衡的拟市场多代理协商机制提出了一种制造资源动态优化配置方法，该方法与传统 ERP 中的集中式、刚性计划资源分配机制相比，能够支持分布式决策单元的交互协商决策，具有更高的柔性、动态适应性和可重构性，可以实现资源的动态优化配置。

第 8 章　基于 X 列表的 ERP 实施方法

8.1　ERP 实施的一般过程

ERP 实施是指从企业正式提出需要引入 ERP 系统之日起，直到企业 ERP 管理系统正式运行并达到预定的实施目标期间的全部活动。ERP 实施一般过程可以分为四个阶段：前期阶段、规划阶段、实施阶段和交付阶段[16],[17]。

ERP 实施的前期阶段的工作主要包括 ERP 概念的导入，企业的诊断、需求分析和目标确定，ERP 软件系统的选型等。ERP 实施的规划阶段的工作主要包括培训软件系统的应用，分析与改进业务流程，根据选定的 ERP 软件制订总体解决方案，制订项目计划，建立项目组织等。ERP 实施阶段的主要工作包括培训业务人员、数据录入、参数设置、原型测试和应用模拟、用户化和二次开发等。ERP 实施的交付阶段的工作包括培训操作人员，最后总体模拟测试，制定工作准则与工作规程，切换运行，以及评价和验收项目等。

ERP 实施的前期阶段是一个很容易被忽视的重要阶段。ERP 供应商的项目实施过程定义只包括后三个阶段。然而许多 ERP 项目的失败就在于前期阶段没有做好企业诊断和需求分析，目标不明确，期望值不切实际，从而造成后续的规划阶段、实施阶段和交付阶段出现问题[157],[16],[17]。

8.2　现有的 ERP 实施方法论

ERP 实施方法论是一整套正式且结构化的实施惯例或规范[158],[159]。国内外的一些 ERP 系统及服务提供商根据各自业务领域所拥有的一定数量客户群体的实施经验，归纳总结了一套自己的 ERP 系统实施方法论，并作为其标准的实施过程和方法。

德国 SAP 公司的 ASAP（accelerated SAP）[160]方法是 SAP 公司为使 R/3 项

目的实施更简单、更有效而开发的一套完整的快速实施方法。ASAP 优化了在实施过程中对时间、质量和资源的有效使用等方面的控制。它是一个包括了保证项目实施成功所有基本要素的完整的实施方法，主要包括 ASAP 路线图、SAP 工具包、SAP 技术支持和服务、SAP 培训和 SAP 参考模型。ASAP 提供了面向过程的、清晰和简明的项目计划，在实施 R/3 的整个过程中提供一步一步的指导。ASAP 把 ERP 的实施过程划分为五个阶段：项目准备、业务蓝图、实现过程、最后准备、上线与技术支持。

美国 Oracle 公司的项目管理方法应用系统实施方法论（process job management/applications implementation method，PJM/AIM）。实施方法论[158],[159] 是一套建立整体解决方案的方法，主要由 AIM 和 PJM 等各自独立的方法论组成。PJM 的目标是提供一个主框架，使其能够对所有项目用一致的手段进行计划、评估、控制和跟踪。AIM 是 Oracle 公司在经过全球多年的应用产品实施而提炼出的结构化实施方法，从定义用户的实施方法、策略到新的系统上线运行，AIM 包含了所有不可缺少的实施步骤。AIM 把 ERP 的实施过程划分为七个阶段：建立实施策略、业务流程分析、设计解决方案、建立应用系统、文档编码、系统切换、运行维护。

国内的 ERP 供应商也提出过自己的实施方法[158],[159]，如用友的用友实施方法论[161]、金蝶的 KingdeeWay 快速实施方法[162]、神州数码的 eThrough 实施方法论[163] 等。国内 ERP 供应商的实施方法多与国外 ERP 供应商的实施方法类似，但没有国外 ERP 供应商的实施方法系统、成熟。

这些现有的实施方法，实施的起点定在 ERP 软件选型确定签约完成后，并且实施阶段的划分和每个阶段内的活动结构都基本相同。现有的 ERP 实施是方法论主要存在如下问题：

（1）实施阶段和步骤不完整。现有的 ERP 实施方法论中实施过程的起点都是 ERP 软件选型确定签约完成后，忽视了 ERP 实施的前期阶段。从而它们不能够为 ERP 实施的前期阶段提供指导，造成实施目标确定不当，期望值不切实际，不清楚或不重视前后阶段的逻辑联系和实施工作，造成思想准备不充分、组织不当与人员安排不当、软件选择失误，导致后续的规划阶段、实施阶段和交付阶段出现问题。

（2）针对特定的 ERP 软件系统。现有的 ERP 实施方法论往往是由特定的 ERP 供应商针对其自己软件系统的特点制定的，这种实施方法论很难推广到其他 ERP 软件系统的实施。

（3）注重信息系统忽视企业管理需求。ERP 软件系统往往较为复杂，参数的设置和数据的输入对实施人员的要求比较高，使他们需要专业的咨询人员协助。如果企业有特殊的业务需求需要进行二次开发则情况更为复杂。信息系统配置的复杂性导致现有的 ERP 实施方法论关注信息系统本身，从信息系统的技术角度制订实施计划和实施步骤，相对而言忽视了企业管理系统转换和创新的实施要求。

（4）套用最佳实践，缺乏理论指导。现有的 ERP 实施方法论中的企业诊断、需求分析、业务流程分析与改进等缺乏系统的理论指导，倾向于套用软件中的最佳实践，将软件中固化的逻辑强加于用户企业，难以满足企业的特殊业务需求。

总之，现有 ERP 实施方法论的不足是 ERP 应用中的实施时间长、成本高、成功率低等问题的原因之一。

8.3　ERP 实施策略分析

ERP 系统实施的过程就是 ERP 系统初始化重构的过程。ERP 系统是 ERP 信息系统支持下的企业管理系统，因此 ERP 系统的实施过程既涉及信息系统层次的重构也涉及企业管理系统层次的重构。ERP 系统的实施绝不仅仅是实施和使用一套信息系统，它对企业的影响是广泛而深刻的。企业应该着眼于自身的管理变革，认识到 ERP 的实施是整个企业长期持续变革征程中的第一步。企业实施 ERP 只有同时对企业管理系统进行重构，才能从根本上重整企业，提升企业在不断变化的市场环境中的竞争能力。从这个意义上说，ERP 系统实施带来的巨大收益来自于 ERP 管理系统重构的过程。

实施周期长、实施时间超过预期是当前 ERP 面临的主要问题之一。一个典型的中型 ERP 项目的实施周期一般不应超过 18 个月[16]，然而一些企业的 ERP 实施项目拖延几年，一些项目最后甚至成了"烂尾"工程。实施周期过长会造成企业的投入成本高，员工士气低落，也会使软件供应商因服务成本高而举步维艰。但是 ERP 系统的实施也不能操之过急，盲目追求实施速度，不顾企业的管理需求，套用软件系统现成的模板，导致其与企业的业务模式和管理模式不匹配，无法很好地支持企业的经营管理。

　　将 ERP 系统实施过程所涉及的重构层次的角度和 ERP 系统实施速度的快慢的角度组合可以形成不同的 ERP 实施策略，如图 8-1 所示。不同的实施策略对企业意味着完全不同的结果。

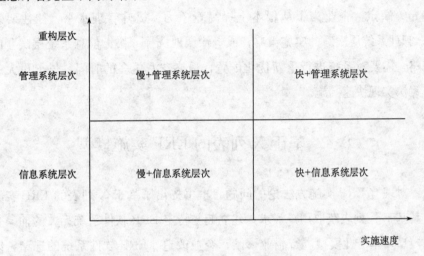

图 8-1　ERP 实施策略矩阵

　　（1）"慢＋信息系统层次"。这是企业最应该避免的实施策略。仅从信息系统重构的角度实施 ERP 不能从根本上解决企业所面临的管理问题，满足企业的管理需求。而实施速度慢又会提高实施成本，加大实施风险。

　　（2）"快＋信息系统层次"。企业采取这种实施策略往往是由于不能够正确地理解 ERP 系统的含义，仅仅把 ERP 看做是一种信息系统。只从信息系统重构的角度来进行 ERP 系统的实施，无法从根本上解决企业所面临的管理问题，被动地接受软件中固化的"最佳实践"业务过程，无法满足企业的特殊管理需求。而在系统实施完成后由于应用效果不理想需要对系统重新进行优化和配置往往要花费更多的时间，付出更大的代价，最终无法实现 ERP 系统的快速实施。

　　（3）"慢＋管理系统层次"。采取这种实施策略的企业虽然能够正确地认识到 ERP 系统实施实际上是管理系统重构驱动的信息系统重构，但由于现有的实施方法论无法给 ERP 管理系统的重构提供理论指导（如前文所述），被迫采取缓慢的实施策略。

（4）"快＋管理系统层次"。这是企业期望中最为理想的实施策略。要采取这种实施策略，企业必须要有良好的管理基础和较高的信息技术应用能力，更重要的是要有 ERP 管理系统重构的实施方法作为理论指导。

由于现有 ERP 实施方法存在仅注重信息系统技术，对管理系统重构缺乏理论指导等缺点，企业为了从根本上提高竞争力、提升管理水平，往往要采取"慢＋管理系统层次"的实施策略，或者错误地选择"快＋信息系统层次"的实施策略，需要对系统进行重新优化配置，最终花费更多的时间，付出更大的代价，无法实现快速实施。

8.4　基于 X 列表的 ERP 实施模型

针对现有 ERP 实施方法论的问题，本书提出了基于 X 列表的 ERP 实施模型，其基于 X 列表获取用户需求，建立起与特定 ERP 软件系统无关的抽象企业需求模型，基于此模型进行企业诊断、企业改造、ERP 软件系统的选型，以及一整套的 ERP 解决方案的确定，并最终用自动化和半自动化的方式将用户的需求转化为特定 ERP 软件系统的模块配置、模块参数设定等指令。

如图 8-2 所示，基于 X 列表的 ERP 实施模型由用户需求层、X 列表模型层和 ERP 解决方案层组成。

8.4.1　用户需求层

在用户需求层，通过用户需求获取工具获取用户需求，并利用 X 列表建模工具将用户需求转换为 X 列表模型。X 列表中的广义工作中心列表是可重构 ERP 的企业结构模型，企业过程列表是可重构 ERP 的企业过程模型，资源消耗列表是可重构 ERP 的成本管理模型，决策单元代理列表是可重构 ERP 的分布式决策模型。通过 X 列表模型可以不考虑特定 ERP 软件系统的技术细节，在高抽象层次上对企业的管理需求进行描述，建立包括企业结构模型、企业过程模型、

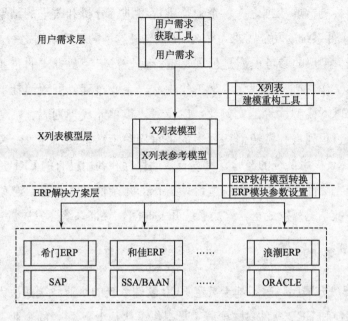

图 8-2　基于 X 列表的 ERP 实施模型

成本管理模型和分布式决策模型的基于 X 列表的企业需求模型。利用 X 列表的可重构性可以方便地描述企业的特殊管理需求。

8.4.2　X 列表模型层

X 列表模型层由代表企业需求模型的 X 列表模型和 X 列表参考模型组成。

在 X 列表模型层，企业的需求转换为 X 列表模型，即企业的需求模型。X 列表模型的分析工具可以用来对企业需求模型进行分析，对企业结构模型、企业过程模型、企业成本管理模型和企业分布式决策模型等各个方面的问题进行诊断，找出存在和需要解决的问题，以及弄清哪些问题需要通过 ERP 的实施来解决。在此基础上利用 X 列表的重构工具，根据 ERP 的集成化特点，针对需要解决的问题对企业需求模型进行改进，通过广义工作中心列表的重构改进企业的结构模型，通过企业过程列表的重构改进企业过程模型，通过资源消耗列表的重构改进企业的成本管理模型，通过决策单元代理列表的重构改进企业的分布式决策模型。对企业需求模型进行分析和改进的结果可以作为企业制定 ERP

实施项目目标的重要依据之一。企业需求模型进行分析和改进的结果还可以转换为 ERP 软件系统的功能需求，作为 ERP 软件选型的重要依据之一。

X 列表模型层的参考模型是根据特定行业、特定经营方式的企业的公共特征，对基本工作中心、作业、广义工作中心、企业过程、资源消耗项目、决策单元代理等基本模型构件的实例化，以及对决策单元代理列表、广义工作中心列表、企业过程列表和资源消耗列表的可重用参考结构的描述。参考模型汇集了成功的 ERP 应用系统的经验，可以有效地保存和利用已有的 ERP 应用系统的经验和知识，降低系统分析和模型设计工作的复杂性和工作量，避免低水平重复劳动，降低系统开发成本，缩短系统开发时间，保证系统开发质量。

8.4.3　ERP 解决方案层

ERP 解决方案层代表了基于特定 ERP 软件系统的企业系统解决方案。ERP 软件模型转换和 ERP 软件参数配置工具提供了从基于 X 列表的企业需求模型到针对特定的 ERP 软件模型转换和参数配置的自动化和半自动化的映射。ERP 软件系统往往较为复杂，参数设置和数据的输入对实施人员的要求比较高，使他们需要具有特定 ERP 软件产品知识的专业咨询人员协助。如果企业有特殊的业务需求需要进行二次开发则情况更为复杂。通过从基于 X 列表的企业需求模型到特定的 ERP 软件模型和参数配置的映射，可以屏蔽复杂的 ERP 软件系统技术细节，简化 ERP 软件系统的配置过程，使实施人员可以更多地关注具体的企业管理需求。

8.5　基于 X 列表的 ERP 实施过程

基于 X 列表的 ERP 实施模型是与特定 ERP 软件产品无关的，涵盖了整个 ERP 实施过程生命周期的 ERP 实施模型，基于此模型可以简化传统的 ERP 实施过程，缩短传统 ERP 实施的周期和降低成本。基于 X 列表的 ERP 实施过程如图 8-3 所示分为四个阶段：ERP 实施前期阶段、ERP 实施项目规划阶段、ERP 解决方案实现阶段、ERP 系统交付阶段。

基于 X 列表的 ERP 实施前期阶段主要工作包括 ERP 和 X 列表模型概念的

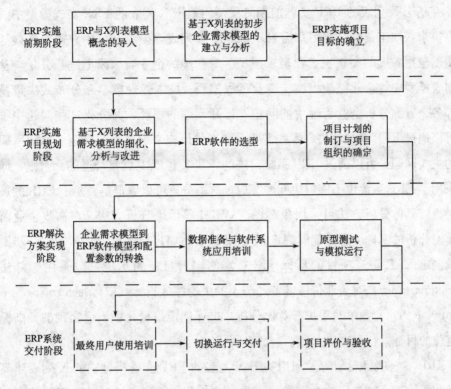

图 8-3　基于 X 列表的 ERP 实施过程

导入，基于 X 列表的初步企业需求模型的建立与分析以及 ERP 实施项目目标的
确立。基于 X 列表的 ERP 实施过程的第二个阶段是 ERP 实施的项目规划阶段，
这个阶段的主要工作包括基于 X 列表的企业需求模型的细化、分析与改进，
ERP 软件的选型，项目计划的制订与项目组织的确定等。ERP 解决方案实现阶
段是第三个阶段，主要任务包括业务人员的软件系统培训、将企业需求模型转
换为特定 ERP 软件产品的软件模型和配置参数、数据的转换与录入以及原型测
试与模拟运行。ERP 实施的交付阶段是第四个阶段，主要工作包括操作人员的
培训，最后的总体模拟测试，切换运行，以及项目的评价和验收等。

　　基于 X 列表的 ERP 实施过程与传统的 ERP 实施过程不同在 ERP 实施前期阶
段基于 X 列表进行初步企业需求模型的建立与分析，在 ERP 实施的项目规划阶段
基于 X 列表进行企业需求模型的细化、分析与改进，在 ERP 解决方案实现阶段进
行从企业需求模型到特定 ERP 软件产品的软件模型和配置参数的转换等活动。

在基于 X 列表的 ERP 实施前期阶段使用基于 X 列表的 ERP 实施模型中的用户需求获取工具来获取用户需求，并使用 X 列表建模工具将用户需求转换为初步的较粗粒度的高层次企业需求模型。对初步的企业需求模型进行分析，从 X 列表模型中的企业结构模型、企业过程模型、成本管理模型和分布式决策模型等各个方面分析企业管理中的问题并诊断问题的根源，并分析这些问题中哪些可以通过 ERP 系统解决，哪些需要采取别的措施来解决。如果企业目前所面临的主要问题是可以通过 ERP 系统解决的，那么上 ERP 就是合适的；否则，即使采用了 ERP 系统也不能解决问题。通过这类分析可以确定是否是上 ERP 的最佳时机。具体分析方法可采用鱼刺图、5W1H 等因果分析方法。在初步企业需求模型分析的基础上，才能够确定企业 ERP 实施项目是否可以立项，进一步则应该制定 ERP 实施项目的目标。ERP 实施项目目标的制定可以采用标杆法（benchmarking），对企业价值链各环节上的关键绩效指标（key performance indicator, KPI）与竞争对手进行对比分析，进而制定出量化的、可实现的、高标准定位的目标。

ERP 实施项目规划阶段利用基于 X 列表的 ERP 实施模型中的 X 列表建模工具和重构工具对初步企业需求模型进一步细化。X 列表模型具有不同粒度的可重用模型构件和模块化的可扩展模型结构（如前文所述），通过对这些模型构件的重用可以建立不同层次、不同粒度的企业需求模型。计控单元粒度是传统 ERP 成功实施的关键因素之一。由于体系结构的限制，传统 ERP 系统中计控单元一经确定就无法或很难改变。在 X 列表模型中，通过广义工作中心列表和企业过程列表的重构可以对系统计控单元的粒度进行调整。因此在企业需求模型的建立过程中可以通过模拟分析找出较为合适的计控单元粒度。接下来企业需求模型的细化包括企业结构模型、企业过程模型、成本管理模型、分布式决策模型的细化。在企业需求模型细化的基础上应进一步对企业过程进行分析，根据 ERP 的集成化特点，针对企业现有的问题对企业过程进行改进，并相应地改进企业结构模型和成本管理模型。对企业过程上的信息流进行分析，规范化输入输出表单上的数据项，找出企业过程间的信息集成关系，建立起 ERP 系统基础数据结构和数据标准。最终企业需求模型相当于企业将来实施特定 ERP 系统后的模拟系统。最终企业需求模型的建立将企业的业务需求以 X 列表模型的形式描述了出来，接下来就是要选择能够满足这些业务需求的 ERP 软件产品。ERP 软件产品的选型主要考察功能、技术、服务、成本等几个方面。在 ERP 软件的选型和实施顾问方确定后，应该明确项目的范围、制订项目计划、配置项目组织人员。

ERP 解决方案实现阶段，利用 ERP 模型转换和 ERP 参数配置工具可以实现从基于 X 列表的企业需求模型到所选定 ERP 产品解决方案的软件模型和参数配置之间的自动化和半自动化的映射，大大缩短 ERP 解决方案实现的时间，降低实施成本。其可以使 ERP 实施人员从 ERP 系统的技术细节中解放出来，更多关注企业管理系统重构的管理需求。

基于 X 列表的 ERP 实施过程覆盖了 ERP 实施的整个生命周期，X 列表理论可以为 ERP 实施过程中的前期阶段、项目规划阶段、解决方案实现阶段和系统交付阶段提供理论支持。基于 X 列表的 ERP 实施方法是与特定 ERP 软件产品无关的，通过基于 X 列表的 ERP 实施模型在高层次上获取企业管理需求，可以对企业需求模型进行分析和改进，通过从基于 X 列表的企业需求模型到特定 ERP 产品的软件模型和参数配置的映射屏蔽复杂的 ERP 软件系统技术细节，简化 ERP 软件系统的配置过程，从而可以缩短实施的时间，减少实施成本，实现"快＋管理系统层次"的 ERP 实施策略。

8.6　本章小结

本章首先讨论了 ERP 实施的一般过程，讨论了现有的 ERP 实施方法论及其存在的问题，然后对企业实施 ERP 的策略从实施速度和所涉及的重构层次的角度进行了讨论。针对现有 ERP 实施方法论的问题，提出了基于 X 列表的 ERP 实施模型和实施过程，它可以为 ERP 实施的全生命周期提供理论支持，实现快速 ERP 管理系统重构的实施策略。

总结与展望

新型 ERP 体系能够通过初始化重构以适应不同的企业环境，能够通过维护性重构以适应企业发展不同阶段上的环境变化，能够支持企业内和企业间重构，是 21 世纪新的市场环境下企业集成化信息系统的发展方向。可重构 ERP 体系的建立对于我国现阶段面临国际化市场冲击的众多国有和民营中小企业的稳步发展和企业间积极的集成与协作具有重要的意义。

可重构 ERP 体系是对传统 ERP 体系的改进和创新，是管理学、制造技术、系统科学、信息技术等多学科交叉的崭新的研究领域。在持续多年的研究中，我们取得了一些阶段性成果。这些成果也是在笔者所在课题组承担的国家高技术研究发展计划（"863"计划）课题先进制造与自动化技术领域现代集成制造系统技术主题课题"基于 BOX 和前馈成本控制的 ERP 管理体系研究（2001AA414130）"和"基于 X 列表的 ERP 系统重构、改装和快速实施方法（2003AA413231）"等的支持下取得的。

本书的研究工作是探索性的，由于笔者功底不足，文中难免存在疏漏，希望能够得到前辈和同行的指点。本领域尚待研究的内容还有很多，主要的后续研究内容如下：

（1）面向可重构 ERP 的 X 列表模型体系、ERP 系统重构方法的进一步研究。

（2）基于 X 列表的建模工具和 ERP 系统重构支持工具的研究与开发。

（3）可重构 ERP 的成本管理模型的深入研究，支持 ERP 系统重构的成本动因管理、成本估计、成本控制、成本管理支持系统的研究与开发等。

（4）可重构 ERP 的企业结构模型、企业过程模型和分布式决策模型的深入研究，企业结构模型建模与重构支持工具，企业过程模型建模、控制与重构支持工具，企业分布式决策支持系统的研究与开发。

（5）基于 X 列表的 ERP 快速实施方法的进一步深入研究，基于 X 列表的

ERP 快速实施支持工具的开发与研究、操作性研究和企业实证研究。

（6）基于 X 列表的可重构 ERP 原型系统的开发与企业实证研究。

可重构 ERP 领域的研究有着重要的学术意义和现实意义，希望本书的研究能够起到抛砖引玉的作用，使得这个领域得到更多同行的关注。

参 考 文 献

[1] Klaus H, Rosemann M, Gable G. What is ERP. Information Systems Frontiers, 2000, 2 (2): 141~162.

[2] Jacobs F R, Bendoly E. Enterprise resource planning: Developments and directions for operations management research. European Journal of Operational Research, 2003, 146: 233~240.

[3] Mabert V A, Soni A, Venkataramanan M, et al. Enterprise resource planning: common myths versus evolving reality. Business Horizons, 2001, May~June: 69~76.

[4] Kumar K, Hillegersberg J V, ERP experiences and evolution. Communications of the ACM, 2000, 43 (4): 23~26.

[5] 李锐, 王文峰. 从 MRP 到 ERP 看管理思想创新. 企业经济, 2002, (7): 55~65.

[6] 秦玮, 王静蓉. 企业资源系统的演化. 技术经济与管理研究, 2000, (3): 58.

[7] 叶宏谟. 企业资源规划制造业管理篇. 北京: 电子工业出版社. 2000.

[8] 叶宏谟. 企业资源规划 ERP 整合资源管理篇. 北京: 电子工业出版社. 2002.

[9] 姚宝根. 现代企业信息化管理 ERP/eBusiness 及其实践. 上海: 上海大学出版社. 2001.

[10] 罗鸿, 王忠民. ERP 原理·设计·实施. 北京: 电子工业出版社. 2003.

[11] 上海现代物流人才培训中心. 企业资源计划 (ERP) 与 SCM、CRM. 北京: 电子工业出版社. 2002.

[12] 汪定伟. 敏捷制造的 ERP 及其决策优化. 北京: 机械工业出版社. 2003.

[13] Davenport T H. ERP 必备指南 (Mission Critical: Realizing the Promise of Enterprise Systems). 宋学军译. 北京: 机械工业出版社. 2002.

[14] 程控, 革扬. MRP II/ERP 原理与应用. 北京: 清华大学出版社. 2002.

[15] 陈启申. MRPII 制造资源计划基础. 北京: 企业管理出版社. 1997.

[16] 陈启申. ERP-从内部集成起步. 北京: 电子工业出版社. 2004.

[17] 刘伯莹, 周玉清, 刘伯钧. MRPII/ERP 原理与实施. 天津: 天津大学出版社. 2001.

[18] Gartner Inc. ERP II: The boxed set. http://www. gartner. com, 2002-03-01.

[19] 黄宇健, 曾驭然. ERP II 的规划与创新. 价值工程, 2002, (1): 57~59.

[20] 姚磊. ERP II 初阶（一）. http://www. amteam. org, 2004-09-04.

[21] 启明，陈慧. 中国 ERP 应用"地图"调查. 电子商务世界，2002，(5)：42～65.

[22] 启明，陈慧. 中国 ERP 应用"地图"调查（续）. 电子商务世界，2002，(6)：42～63.

[23] 计世咨询. 863 重拳出击新一代 ERP. http://www. ccwresearch. com. cn, 2004-07-02.

[24] 郑跃斌，韩文秀. 企业资源计划的现状、问题及其解决方法. 中国软科学，2001，(8)：75～78.

[25] Themistocleous M, Irani Z, O'keefe R, et al. ERP problems and application integration issues: an empirical survey. Proceedings of the 34th Hawaii International Conference on System Sciences. 2001.

[26] Scott J E, Vessey I. Implementing enterprise resource planning systems: the role of learning from failure. Information Systems Frontiers, 2000, 2 (2): 213～232.

[27] Davenport T. Putting the enterprise into the enterprise system. Harvard Business Review, 1998, July～August: 121～131.

[28] Markus M L, Petrie D. Bucking the trends: what the future may hold for ERP packages. Information Systems Frontiers, 2000, 2 (2): 181～193.

[29] Whittle S, Yap J. ERP: not dead, just extended. Managing Information Strategies New Zealand, 2003.

[30] 陈伯成，叶伟雄，周越博，等. 一个用于中小企业的扩展 ERP 软件流程集成模型分析. 系统工程理论与实践，2004，(7)：38～45.

[31] 李蕴. 当 EAS 落户中国. http://www. amteam. org, 2004-12-11.

[32] Weston F C. ERP II: The extended enterprise system. Business Horizons, 2003, November～December: 49～55.

[33] Kwon O B, Lee J J. A multi-agent intelligent system for efficient ERP maintenance. Expert Systems with Application, 2001 (21): 191～202.

[34] Ng K C, Ip W H. Web-ERP: the new generation of enterprise resource planning. Journal of Materials Processing Technology, 2003, 138: 590～593.

[35] Sprot D. Componentizing the enterprise application packages. Communications of the ACM, 2000, 43 (4): 63～69.

[36] Lee J, Siau K, Hong S. Enterprise integration with ERP and EAI. Communications of the ACM, 2003, 46 (2): 54～60.

[37]　Fingar P. Component-based frameworks for E-commerce. Communications of the ACM, 2000, 43 (10): 61~66.

[38]　Larsen G. Component-based enterprise frameworks. Communications of the ACM, 2000, 43 (10): 25~26.

[39]　Evgeniou T. Information integration and information strategies for adaptive enterprises. European Management Journal, 2002, 20 (5): 486~494.

[10]　Lea B, Gupta M. A prototype multi-agent ERP system: an integrated architecture and a conceptual framework. Technovation, 2005, (25): 433~441.

[41]　Boden T. The grid enterprise: structuring the agile business of the future. BT Technology Journal, 2004, 22 (1): 107~117.

[42]　李刚，孙林岩. 基于多 Agent 的柔性企业资源计划体系结构研究. 计算机工程, 2002, 28 (9): 42~44.

[43]　周理兵，杨建国. 基于组件技术的 ERP 系统建模研究与实践. 东华大学学报, 2001, 27 (6): 60~64.

[44]　高峰霞. 国内 ERP 软件的发展趋势. 航空制造技术, 2002, (7): 47~48.

[45]　杨建华，薛恒新. 动态企业建模（DEM）实施中的组件化方法. 计算机工程与应用, 2002, (10): 240~242.

[46]　虞涛，刘永清. 网络制造环境下多 Agent 协同工作的动态可重构 ERP 系统. 机电工程, 2003, 20 (3): 16~20.

[47]　黄宝香，黄克正，张勇，等. 面向供应链的可重构 ERP 系统. 机电一体化, 2004, (5): 45~48.

[48]　童刚，魏志强，李光泉，等. 一种可重构的 ERP 系统构建方法研究. 计算机工程, 2003, 29 (7): 25~26.

[49]　张国庆. ERP 的突围之路. http://www. e-works. net. cn, 2005-03-02.

[50]　计世网. SOA 能否拯救 EPR. http://www. e-works. net. cn, 2005-03-11.

[51]　SAP AG. SAP NetWeaver. http://www. sap. com, 2005-03-11.

[52]　SAP AG. MySAP Business Suite. http://www. sap. com, 2005-03-08.

[53]　ORACLE. Oracle E-Business Suite. http://www. oracle. com, 2005-03-23.

[54]　用友软件公司. 用友 UAP. http://www. ufsoft. com. cn, 2005-03-29.

[55]　金蝶软件公司. 金蝶 BOS. http://www. kingdee. com, 2005-03-27.

[56]　顾培亮. 系统分析与协调. 天津：天津大学出版社. 1998.

[57] 王成恩. 制造系统的可重构性. 计算机集成制造系统, 2000, 6 (4): 1~5.

[58] Mehrabi M G, Ulsoy A G, Koren Y. Reconfigurable manufacturing systems: key to future manufacturing. Journal of Intelligent Manufacturing, 2000, 11 (4): 403~419.

[59] 梁福军, 宁汝新. 可重构制造系统理论研究. 机械工程学报, 2003, 39 (6): 36~43.

[60] 李培根, 张洁. 敏捷化智能制造系统的重构与控制. 北京: 机械工业出版社. 2003.

[61] 陈伯成, 叶伟雄, 李英杰. ERP 几个基本问题的讨论. 中国机械工程, 2002, 13 (17): 1503~1549.

[62] 李从东. 企业如何"进化". 中国计算机用户, 2003, (10): 34~35.

[63] 刘洪, 郭志勇, 徐晟. 企业系统演化及管理混沌理论的研究综述. 管理科学学报, 1998, 1 (4): 57~62.

[64] Ivakheneko A G. Polynomial theory of complex system. IEEE Transactions on Systems, Man, and Cybernics, 1971, SMC-1 (4): 364~378.

[65] 汪徐焱, 胡文艳. 基于自组织理论的自组织多项式网络算法. 系统工程理论与实践, 1999, 19 (4): 51-56.

[66] 范玉顺, 李慧芳. 企业集成技术的研究现状与发展趋势. 中国制造业信息化, 2003, 32 (1): 59~61.

[67] 刘兴国. 企业耗散结构模型分析. 工业工程与管理, 2001, (3): 33~36.

[68] 张辅松. 企业管理中的耗散结构. 武汉理工大学学报 (信息与管理工程版), 2003, 25 (4): 160~163.

[69] 师汉民. 从"他组织"走向"自组织"——关于制造哲理的沉思. 中国机械工程, 2000, 11 (1~2): 80~85.

[70] 鄂明成, 李建勇. 智能制造系统的自组织单元结构研究. 北方交通大学学报, 2000, 24 (4): 47~51.

[71] Walton J, Whicker L. Virtual enterprise: myth and reality. Journal of Control, 1996, 27 (3): 22~25.

[72] NIIIP. Reference architecture book 0: introduction to NIIIP concepts. http://www. niiip. org, 1998-07-11.

[73] 陈剑, 冯蔚东. 虚拟企业构建与管理. 北京: 清华大学出版社. 2002.

[74] 胡欣悦, 刘金兰, 汤勇力. 基于任务分解结构的虚拟企业构建过程研究. 工业工程, 2005, 8 (6): 15~20.

[75] 李从东, 张洪亮, 汤勇力, 等. 基于 BOX 和前馈成本控制的 ERP 管理体系研究. 国

家高技术研究发展计划（"863"计划）课题验收报告. 2004.

[76]　张洪亮. 基于 BOX 和前馈成本控制的 ERP 管理体系研究. 天津大学博士学位论文. 2003.

[77]　李从东，张洪亮. 基于 BOX 和前馈成本控制的新型 ERP 体系. 计算机集成制造系统，2004，10 (5)：528~531.

[78]　范玉顺，王刚，高展. 企业建模理论与方法学导论. 北京：清华大学出版社. 2001.

[79]　Perrone P J. J2EE 构建企业系统专家及解决方案. 张志伟译. 北京：清华大学出版社. 2001.

[80]　OMG. OMG Unified Modeling Language Specification (Version 1. 4). http://www. omg. org/technology/docments/fommal/uml_2. htm. 2001-09-01.

[81]　Boggs W，Boggs M. UML 与 Rational Rose 2002 从入门到精通. 邱仲潘译. 北京：电子工业出版社. 2002.

[82]　王珊. 数据库系统原理教程. 北京：清华大学出版社. 2001.

[83]　陈禹六. IDEF 建模分析和设计方法. 北京：清华大学出版社. 2000.

[84]　Hammer M. Reengineering work：don't automate，obliterate. Harvard Business Review, 1990, July~August：104~112.

[85]　Davenport T，SHORT J. The new industrial engineering：information technology and business process redesign. Sloan Management Review, 1990, Summer：11~27.

[86]　汪定伟，唐志文. 基于活动—组织流程图的业务过程重构方法. 管理科学学报，1999，2 (3)：39~42.

[87]　陈禹六，李清，张锋. 经营过程重构（BPR）与系统集成. 北京：清华大学出版社. 2001.

[88]　Eshuis R. Semantics and verification of UML activity diagrams for workflow modeling. PhD thesis, University of Twente. 2002.

[89]　Eshuis R，Wieringa R. Comparing petri net and activity diagram variants for workflow modeling：a quest for reactive petri nets//Ehrig H, Reisig W, Rozenberg G, et al. , Petri Net Technology for Communication Based Systems. Vol. 2472 of Lecture Notes in Computer Science, 2003. Springer-Verlag. 321~351.

[90]　Eshuis R，Wieringa R. Tool support for verifying UML activity diagram. IEEE Transactions on Software Engineering, 2004, 30 (7)：437~447.

[91]　Aalst W. 工作流管理——模型、方法和系统. 王建民译. 北京：清华大学出版

社. 2004.

[92]　Aalst W. Verification of workflow nets//Azéma P, Balbo G. Application and Theory of Petri Nets 1997. Vol. 1248 of Lecture Notes in Computer Science, Berlin, 1997. Springer-Verlag, 407-426.

[93]　Aalst W. Making work flow: on the application of petri nets to business process management//Esparza J, Lakos C. Application and Theory of Petri Nets. Vol 2360 of Lecture Notes in Computer Science, Berlin, 2002. Springer-Verlag, 1～22.

[94]　Liu D, Wang J, Chan S, et al. Modeling workflow processes with colored petri nets. Computers in Industry, 2002, 49, 267～281.

[95]　吴育华, 杜纲. 管理科学基础. 天津: 天津大学出版社. 2001.

[96]　WfMC. Workflow Management Coalition Interface 1: Process Definition Interchange Process Model. WfMC-TC-1016-P. 1998.

[97]　WfMC. Process Definition Interchange: XML Process Definition Language. WfMC-TC-1025. 2005.

[98]　Andrews T, Curbera F, et al. Business Process Execution Language for Web Services Version 1. 1. http://ifr. sap. com/bpel4ws/, 2005-05-31.

[99]　黄海新, 汪定伟. 基于过程代数的业务流程重组方法. 管理工程学报, 2002, 16 (4): 60～63.

[100]　黄海新, 汪定伟. 基于流程图及过程代数的流程表达方法. 管理科学学报, 2002, 5 (3):67～72.

[101]　李从东, 齐二石, 刘子先, 等. 基于过程和成本动因理论的成本控制问题研究. 系统工程理论与实践, 1999, 3: 88～93.

[102]　中国注册会计师教育教材编审委员会. 成本管理会计. 北京: 中国人民大学出版社. 1995.

[103]　王平心, 张枫, 于洪涛. 传统成本法问题研究. 西安交通大学学报 (社会科学版), 2000, 20 (3): 16～19.

[104]　王平心, 于洪涛, 张枫. 作业成本法的产生及其新发展. 西安交通大学学报 (社会科学版), 2001, 21 (1): 30～34.

[105]　王广宇, 丁华明. 作业成本管理: 内部改进与价值评估的企业方略. 北京: 清华大学出版社. 2005.

[106]　Cooper R, Kaplan R. Measure costs right: make the right decisions. Harvard Business

Review, 1988, September~October: 96~103.

[107]　Cooper R, Kaplan R. Profit priorities from activity-based costing. Harvard Business Review, 1991, May~June: 130~135.

[108]　Cooper R, Kaplan R. Activity-based costing: measuring the costs of resource usage. Accounting Horizons, 1992, September: 1~13.

[109]　Hansen D, Mowen M. 管理会计. 王光远译. 北京: 北京大学出版社. 2000.

[110]　Billington J. The ABCs of ABC: activity-based costing and management . Harvard Management Update, 1999, May: 8~9.

[111]　Foster G, Swenson D. Measuring the success of activity-based cost management and its determinants. Journal of Management Accounting Research, 1997, (9): 109~141.

[112]　Mcgowan A, Klammer T. Satisfaction with activity-based cost management Implementation. Journal of Management Accounting Research, 1997, (9): 217~237.

[113]　Trussel J, Bitner L. Strategic cost management: an activity-based management approach. Management Decision, 1998, 36 (7): 441~447.

[114]　王耕, 王志庆, 成进, 等. 战略成本管理在国有制造业企业中应用的探索——兼论作业成本法. 会计研究, 2000, 12 (9): 49~53.

[115]　Cheng T, Zhang J, Hu C, et al. Intelligent machine tools in a distributed network manufacturing mode environment. International Journal of Advanced Manufacturing Technology, 2001, 17: 221~232.

[116]　范玉顺, 刘飞, 祁国宁. 网络化制造系统及其应用实践. 北京: 机械工业出版社. 2003.

[117]　杨叔子, 吴波, 胡春华, 等. 网络化制造与企业集成. 中国机械工程, 2000, 11 (1~2): 45~48.

[118]　Gunasekaran A. Agile manufacturing: a framework for research and development. International Journal of Production Economics, 1999, 62 (1~2): 87~105.

[119]　张申生. 敏捷制造的理论、技术与实践. 上海: 上海交通大学出版社. 2000.

[120]　Lee J. E-manufacturing: fundamental, tools, and transformation. Robotics and Computer-Integrated Manufacturing, 2003, 19 (6): 501~507.

[121]　Wooldrige M. 多 Agent 系统引论. 石纯一译. 北京: 电子工业出版社. 2003.

[122]　Wooldrige M, Jennings N. Intelligent agents: theory and practice. The Knowledge Engineering Review, 1995, 10 (2): 115~152.

[123]　Jennings N, Sycara K, Wooldrige M. A roadmap of agent research and development. Autonomous Agents and Multi-Agent Systems, 1998, 1 (1): 7~38.

[124]　Nwana H. Software agents: an overview. Knowledge Engineering Review, 1996, 11 (3): 1~40.

[125]　Genesereth M, Ketchpel S. Software agents. Communications of the ACM, 1994, 37 (7): 48~53.

[126]　Ahmad H. Multi-agent systems: overview of a new paradigm for distributed systems. Proceedings of the 7th IEEE International Symposium on High Assurance Systems Engineering. 2002.

[127]　张洁, 高亮, 李培根. 多 Agent 技术在先进制造中的应用. 北京: 科学出版社. 2004.

[128]　范玉顺, 曹军威. 多代理系统理论、方法与应用. 北京: 清华大学出版社. 2002.

[129]　何曙光. 基于多 Agent 系统的项目调度和控制研究. 天津大学博士学位论文. 2002

[130]　Genesereth M, Fikes R. Knowledge Interchange Format Version 3. 0 Reference Manual. Technical Report Logic-92-1, Computer Science Department, Stanford University. 1994.

[131]　Finin T, Weber J, Wiederhold G, et al. Specification of the KQML agent communication language. http://www. cs. umbc. edu/ kqml/papers/kqmlspec. pdf, 1993-03-28.

[132]　Finin T, Fritzson R, Mckay D, et al. KQML as and agent communication language. Proceedings of the Third International Conference on Information and Knowledge Management (CIKM'94). ACM Press. 1994.

[133]　FIPA. FIPA Specification 97 Version 2. 0 Part 2-Agent Communication Language. http://www. fipa. org, 1998-04-05.

[134]　Farquhar A, Fikes R. The ontology server: a tool for collaborative ontology construction. Int. Journal of Human-Computer Studies, 1997, 46: 701~727.

[135]　DAML. The DARPA agent markup language. http://www. daml. org, 2005-08-27.

[136]　Shoham Y. Agent-oriented programming. Artificial Intelligence, 1993, 60 (1): 51~92.

[137]　Wooldrige M. Agent-based software engineering. IEEE Proceedings on Software Engineering, 2002, 144 (1): 26~37.

[138]　Parunak H. Manufacturing experience with the contract net. //Huhns M. Distributed

Artificial Intelligence. London: Pitman, 1987: 285~310.

[139] Fox M, Barbuceanu M. Agent-oriented supply-chain management. International Journal of Flexible Manufacturing Systems, 2000, 12: 165~188.

[140] Jennings N, Faratin P, Johnson M, et al. Agent-based business process management. Int. Journal of Cooperative Information Systems, 1996, 5 (2~3): 105~130.

[141] Maes P. Agents that reduce work and information load. Communications of the ACM, 1994, 37 (7): 31~40.

[142] Etzioni O, Weld D. Intelligent agents on the Internet: fact, fiction, and forecast. IEEE Expert, 1994, 10 (4): 44~49.

[143] Wellman M, Durfee E, Birmingham W. The digital library as a community of information agents. IEEE Expert, 1996, 11 (3): 10.

[144] Menczer F, Street W, Mong A. Adaptive assistant for customized e-shopping. IEEE Intelligent Systems, 2002, 17 (6): 12~19.

[145] Chavez A, Maes P. Kasbah: an agent marketplace for buying and selling goods. In Proceedings of the First International Conference on the Practical Application of Intelligent Agents and Multi-Agent Technology, London, 1996: 75~90.

[146] Larssan J, Hayes-Roth B. Guardian: intelligent autonomous agent for medical monitoring and diagnosis. IEEE Intelligent Systems, 1998, 13 (1): 58~64.

[147] Maes P. Artificial life meets entertainment: lifelike autonomous agents. Communications of the ACM, 1995, 38 (11): 108~114.

[148] Burmeister B, Hadaddi A, Matylis G. Application of multi-agent systems in traffic and transportation. IEE Proceedings of Software Engineering, 1997, 144 (1): 51~60.

[149] 岳超源. 决策理论与方法. 北京: 科学出版社. 2003.

[150] Starr R. 一般均衡理论. 鲁昌译. 上海: 上海财经大学出版社. 2003.

[151] Wellman M. A market-oriented programming environment and its application to distributed multicommodity flow problems. Journal of Artificial Intelligence Research, 1993, 1 (1): 1~23.

[152] Cheng J, Wellman M. The WALRAS algorithm: a convergent distributed implementation of general equilibrium outcomes. Computational Economics, 1998, 12: 1~24.

[153] Mullen T, Wellman M. A simple computational market for network information services. Proceedings of the First International Conference on Multi-Agent Systems (IC-

MAS)，San Francisco，1995：283～289.

[154] Ygge F，Akkermans H. Power load management as a computational market. Proceedings of the Second International Conference on Multi-Agent Systems（ICMAS)，1996，Kyoto Japan：393～400.

[155] Kim H，Song J，Wang K. A negotiation based scheduling for items with flexible process plans. Computers & Industrial Engineering，1997，33（3～4)：785～788.

[156] 李祥全，龙文，吴义生，等. 基于多 Agent 和拟市场模型的人力资源再分配系统研究. 南京航空航天大学学报，2005，37（1)：82～86.

[157] Abdinnour-Helm S，Lengnick-Hall M，Lengnick -Hall C. Pre-implementation attitudes and organizational readiness for implementing an enterprise resource planning system. European Journal of Operational Research，2003，146：258～273.

[158] 楼润平，王慧芬. ERP 实施方法论与实施过程研究. 工业技术经济，2004，23（3)：61～63.

[159] 尚林鹏. 谈 ERP 的项目管理及实施方法论. 河南机电高等专科学校学报，2005，13（1)：65～67.

[160] Khan A. 企业资源计划（ERP）实施方法论——SAP 加速实施篇. 倪颙，冉晖译. 北京：中国标准出版社. 2005.

[161] 用友软件公司. 用友实施方法论. http://www. ufsoft. com. cn，2005-07-28.

[162] 金蝶软件公司. KingdeeWay 快速实施方法. http://www. kingdee. com，2005-06-29.

[163] 神州数码管理系统有限公司. 神州数码 eThrough 实施方法论. http://www. dcms. com. cn，2005-03-28.

附录 缩写词表

4GL	Fourth-Generation Language	第四代语言
ABC	Activity-based Costing	作业成本法
ABCM	Activity-based Cost Management	作业成本管理
ABM	Activity-based Management	作业管理
ACL	Agent Communication Language	代理通信语言
ACID	Atomicity，Consistency，Isolation & Durability	原子性，一致性，隔离性，持续性
ADEPT	Advanced Decision Environment for Process Tasks	过程任务高级决策环境
AM	Agile Manufacturing	敏捷制造
AOP	Agent-oriented Programming	面向代理的编程
AOSE	Agent-oriented Software Engineering	面向代理的软件工程
ASAP	Accelerated SAP	加速 SAP
B/S	Brower/Server	浏览器/服务器
BODA	Bill of Decision Unit Agents	决策单元代理列表
BOEP	Bill of Enterprise Processes	企业过程列表
BOGW	Bill of Generalized Work Centers	广义工作中心列表
BOM	Bill of Material	物料清单
BORC	Bill of Resource Consumption	资源消耗列表
BOS	Business Operating System	业务操作系统
BOX	Bill of X	X 列表
BPR	Business Process Re-engineering, or Business Process Redesign	业务过程重构或业务过程重设计
BW	Basic Work Center	基本工作中心
C/S	Client/Server	客户/服务器
CAX	Computer Aided X	计算机综合辅助技术
c-Commerce	Coordinated Commerce	协同商务
CIM	Computer Integrated Manufacturing	计算机集成制造
CIMOSA	CIM Open System Architecture	CIM 开放系统体系

CORBA	Common Object Request Broker Architecture	通用对象请求代理体系
CPM	Critical Path Method	关键路径方法
CRM	Customer Relationship Management	客户关系管理
DA	Decision Unit Agent	决策单元代理
DAML	DARPA Agent Markup Language	DARPA 代理标记语言
DARPA	Defense Advanced Research Projects Agency	国防部高级研究计划局（美）
DFX	Design for X	综合设计
EAI	Enterprise Application Integration	企业应用集成
EAS	Enterprise Application Software	企业应用软件
EDI	Electronic Data Interchange	电子数据交换
e-Manufacturing	Electronic Manufacturing	电子制造
EP	Enterprise Process	企业过程
ERP	Enterprise Resource Planning	企业资源计划
ESCRI	Eliminate, Simplify, Combine, Rearrange, Increase	删除，简化，合并，重排，新增
FIPA	Foundation for Intelligent Physical Agents	智能物理代理基金
FMS	Flexible Manufacturing System	柔性制造系统
GW	Generalized Work Center	广义工作中心
HTTP	Hypertext Transfer Protocol	超文本传输协议
IIOP	Internet Inter-ORB Protocol	互联网对象请求代理交互协议
ISCM	Integrated Supply Chain Management	集成化供应链管理
KIF	Knowledge Interchange Format	知识交互格式
KPI	Key Performance Indicator	关键绩效指标
KQML	Knowledge Query and Manipulation Language	知识查询和操作语言
KSE	Knowledge Sharing Effort	知识共享计划
MAS	Multi-agent System	多代理系统
MOP	Market-Oriented Programming	面向市场的规划
MRP	Material Requirements Planning	物料需求计划
MRP II	Manufacturing Resource Planning	制造资源计划
NM	Networked Manufacturing	网络化制造
OASIS	Organization for the Advancement of Structured Information Standards	结构化信息标准促进组织
OMG	Object Management Group	对象管理组织
ORB	Object Request Broker	对象请求代理
PDM	Product Data Management	产品数据管理

PERT	Program Evaluation and Review Techniques	计划评审技术
PJM/AIM	Process Job Management/Applications Implementation Method	过程工作管理/应用实施方法
RC	Resource Consumption	资源消耗
SCM	Supply Chain Management	供应链管理
SOA	Service-Oriented Architecture	面向服务的架构
TCP/IP	Transmission Control Protocol/Internet Protocol	传输控制协议/互联网协议
UAP	Universal Application Platform	统一应用平台
UML	Unified Modeling Language	通用建模语言
WfMC	Workflow Management Coalition	工作流管理联盟
WPDL	Workflow Process Definition Language	工作流过程定义语言
WSBPEL	Web Services Business Process Execution Language	Web 服务业务过程执行语言
WTO	World Trade Organization	世界贸易组织
XML	Extensible Markup Language	可扩展标记语言
XPDL	XML Process Definition Language	XML 过程定义语言
YAMS	Yet Another Manufacturing System	又一种制造系统